KB015401

스켈레톤 마스터

WISHBOOKS GAME FANTASY STORY

더페이서 게임 판타지 장편소설

스켈레톤 마스터 17

더페이서 게임 판타지 장편소설

초판 1쇄 찍은 날 | 2019년 10월 18일
초판 1쇄 펴낸 날 | 2019년 10월 25일

지은이 | 더페이서
펴낸이 | 예경원

기획 | 위시북스
편집책임 | 이은송
편집 | 위시북스

펴낸곳 | 예원북스
등록번호 | 제396-2012-000132호
등록일자 | 2012. 7. 25
KFN | 제1-479호

주소 | 경기도 고양시 일산동구 호수로 646-24 위너스21II빌딩 206A호 (우)10401
전화 | 031-819-9431 팩스 | 031-817-9432
E-mail | yewonbooks@naver.com

ⓒ더페이서, 2018

ISBN 979-11-365-0421-0 04810
　　　979-11-89348-43-4 (set)

※ 파본은 구입하신 서점에서 교환하여 드립니다.
※ 저자와 협의하여 인지를 붙이지 않습니다.
※ 이 책은 예원북스와 저작자의 계약에 의해 출판된 것이므로 무단 전재 및 유포, 공유를
　　금합니다.
※ 이 도서의 국립중앙도서관 출판시도서목록(CIP)은 서지정보유통지원시스템 홈페이지
　　(http://seoji.go.kr)와 국가자료공동목록시스템(http://www.nl.go.kr/kolisnet)에서
　　이용하실 수 있습니다.

스켈레톤 마스터

WISHBOOKS GAME FANTASY STORY

더페이서 게임 판타지 장편소설

17

Wish Books

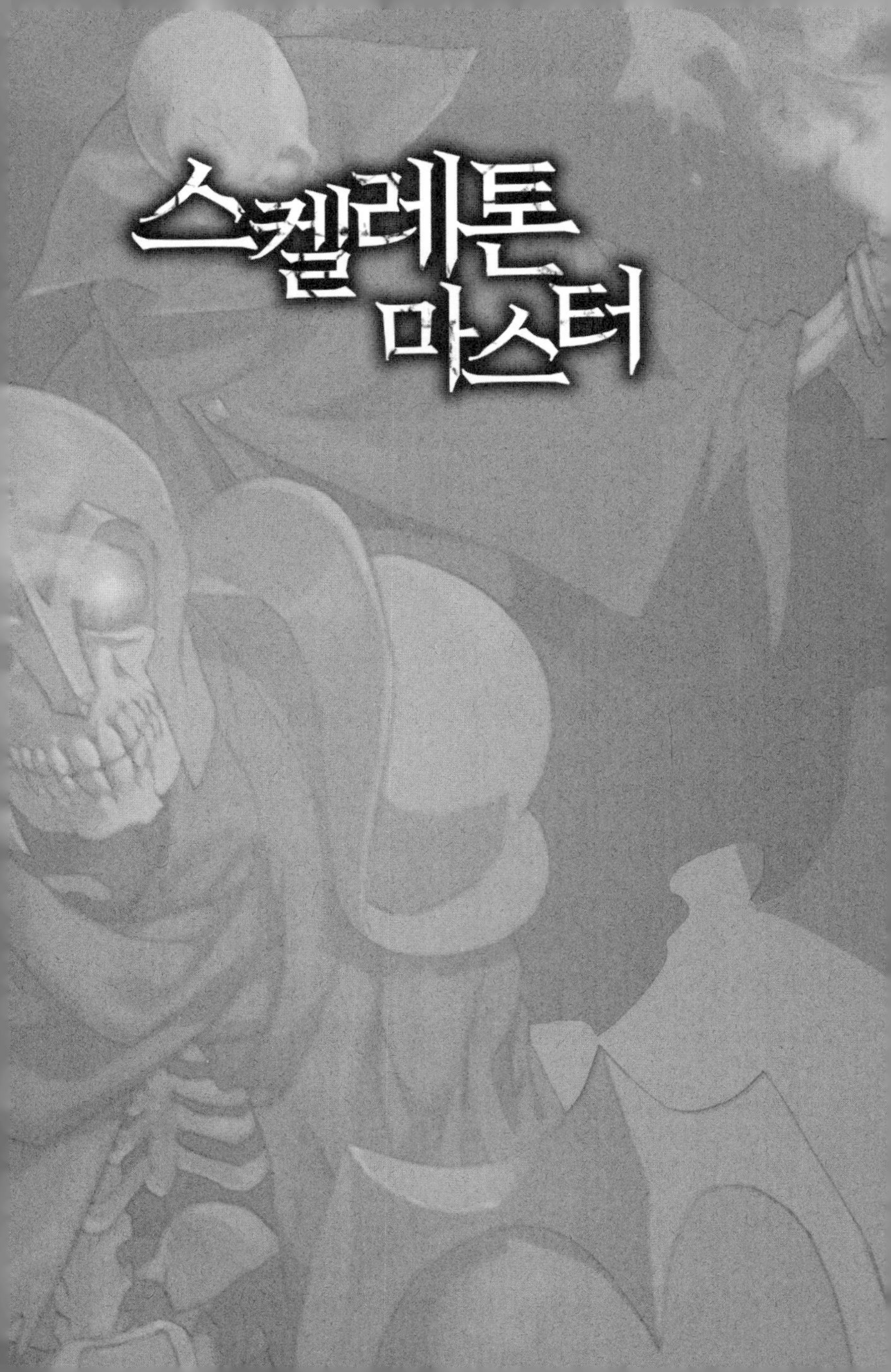
스켈레톤 마스터

••• CONTENTS •••

제1장
계속되는 싸움

오랜만에 터진 즉사.

오, 운이 좋은데?

"좀 위험하네."

"그치?"

"어, 일단 후퇴하자."

저들의 전력도 충분히 확인했으니.

"오케이."

성민우의 대답을 들은 후 기사에게 향했다.

"이대로는 몰살당할 것 같군요."

"으음."

기사 역시 이미 느끼고 있었다.

"후퇴하도록 하죠."

곧바로 모두에게 후퇴를 명령했다. 용병들이 그제야 물러났다.

다만 스켈레톤과 정령, 다람쥐와 다른 유저의 소환수가 남아 다가오려는 카이온 대륙의 용병들을 가로막았다.

"쫓아오려나?"

"음……!"

고개를 돌려 뒤를 확인했다.

"안 쫓아오네."

점령한 소도시를 비우기도 애매할 테고. 쫓아간다고 해서 잡을 수 있다는 확신도 들지 않을 테니. 저들의 선택은 분명 틀리지 않았다. 다만, 저들은 아주 큰 한 가지를 놓쳤다.

바로 무혁. 그에게는 아직도 숨겨진 수가 상당히 많다는 것을 간과하고 있었다.

"후, 여기서 쉬겠습니다."

"그러죠."

무혁은 성민우와 예린, 김지연에게 다가갔다.

"잠깐 근처 몬스터 서식지에 좀 가려는데, 같이 갈까?"

"응? 오빠, 갑자기 거기는 왜?"

"적당한 놈들 잡아서 되살리려고."

"아……!"

한정 부활. 그것을 이용할 몇 가지 방법이 다시 스치고 지나간다. 무혁의 눈동자에 기대감이 서렸다.

적당한 거리에 존재하는 230레벨의 몬스터, 좀비 골리앗. 적게는 두 마리에서 많게는 네 마리까지 사방에서 돌아다니는 중이었다.

"흠, 좀비 골리앗이라…… 좀 약한데."

"약하기는 무슨. 이 정도면 충분해. 암, 충분하고말고."

"그런가."

"그래, 욕심이 끝이 없구만. 230레벨이면 됐지, 무슨."

그럼에도 아쉬운 표정을 지우지 못하는 무혁이었다.

별수 없지.

"더 멀리 가는 건 시간상 애매하니까."

곧이어 화살로 좀비 골리앗 한 마리를 겨냥한 채 시위를 놓았다.

파앙!

키아아아악!

옆에 있던 예린이 나섰다.

"도와줘, 오빠?"

"그럼 좋지."

"나도 좀 거들어주마, 특별히."

"마음대로."

곧이어 다람쥐와 정령이 나타나 달려드는 좀비 골리앗을 저지했다. 사냥은 어렵지 않았다.

[경험치를 획득합니다.]

무혁은 그 자리를 그냥 지나쳤다.

"안 살리고?"

"오는 길에 살려야지."

그래야 더 오랫동안 데리고 다닐 수 있으니까.

"자, 다음!"

곧바로 세 마리가 뭉쳐 다니는 무리에게 화살을 날려 도발을 감행했다. 이전 사냥과 다를 게 없었다.

쾅, 콰과과광!

다람쥐와 정령이 길을 막아서고 어느새 접근한 성민우가 측면을 공격한다. 김지연은 치유 마법을 적절하게 사용해 줬고 무혁은 치명적인 대미지의 화살로 놈들을 유린했다.

순식간에 좀비 골리앗의 영혼을 늘려갔다.

20분이 지났을 무렵.

"후, 이 정도면 충분하지?"

"어."

대략 100여 마리의 좀비 골리앗을 처리할 수 있었다.

이제 살려야지.

[주변을 떠도는 몬스터의 영혼(102마리)을 발견했습니다.]
[몇 마리를 부활시키겠습니까?]

당연히 102마리 전부였다.

[되살아난 좀비 골리앗은 생전의 80퍼센트에 해당하는 능력치를 지닙니다. 30분간 유지되며 이후에는 신체와 영혼 모두가

소멸됩니다.]

무혁은 좀비 골리앗과 함께 휴식처로 복귀했다. 기다리고 있던 기사는 물론이고 용병들까지 조금 놀란 표정이었다. 끌고 온 좀비 골리앗의 수가 많았기 때문이었다.

"아니, 뒤에 그 몬스터는……!"

"네크로맨서의 힘을 사용해 되살렸습니다."

"오오, 대단하군."

"오래 유지할 수 없으니 가능하면 바로 전투를 이어갔으면 합니다."

"물론이네."

기사가 몸을 틀었다.

"휴식은 끝이다. 다시 한번 움직이겠다!"

용병들이 몸을 일으켰다.

"이야, 대단한데?"

"흐음, 좀비 골리앗인가? 230레벨 몬스터 맞지?"

"휘유, 100마리면 도움이 꽤 되려나."

"당연히 되지."

모두들 이번 전투에서는 승기를 잡을 수 있을 거라고 여기는 모양이었다. 방금 전의 전투에서 조금 밀리긴 했지만 저 정도 전력이 추가된 만큼 가능성은 충분했다.

"그럼 출발한다!"

모두들 다시금 걸음을 내디뎠다.

재정비를 마친 제임스와 그 무리.

"기다릴 거야?"

탱커인 칼의 질문에 제임스가 고개를 끄덕였다.

"좁은 입구로 들어오는 놈들을 막는 게 더 편하니까."

"그럼 더 쉽다?"

"쉬워. 접근 보고가 올라올 때 준비해도 늦지 않을 테니."

"알았어."

약 10분이 지났을 무렵.

"온다, 오고 있어!"

용병 유저 한 명이 외쳤다. 천리안 스킬로 확인을 한 모양이었다. 곧이어 다른 유저가 호응했다.

"음? 몬스터?"

"뭔 소리야?"

"선두에 몬스터가 있다고."

제임스가 상황을 파악했다.

리바이브로 살린 모양이군.

"숫자는 몇 명입니까?"

"어, 그게……. 대충 100마리는 될 것 같은데요?"

"100마리라."

수는 그리 많지 않았다.

"어떤 몬스터인지 알겠습니까?"

궁수가 미간을 살짝 찌푸리며 다시금 정면을 주시했다.

"좀비……? 맞네요. 크기가 엄청나서 큰 좀비네요."

"크기가 엄청 큰 좀비."

"아, 저거 뭔지 알아요. 좀비 골리앗이라는 놈인데."

"레벨도 압니까?"

"230이었던가, 그 비슷한 걸로 알아요."

"으음."

제임스의 표정이 조금 굳어졌다.

생각보다 레벨이 높아.

그 말은 좀비 골리앗의 능력이 뛰어나다는 소리.

귀찮겠는데.

하지만 리바이브로 되살린 몬스터는 60퍼센트의 능력만을 가진다. 그 정도라면 승패에 영향을 미칠 정도는 아니라는 판단이 들었다. 물론 무혁의 스킬은 조합으로 인해 다시 태어난 한정 부활이었지만, 제임스는 그 사실을 알 수 없었다.

"다른 몬스터는 없습니까?"

"네, 없네요."

그 말에 제임스가 안도했다.

괜찮아, 충분히 이길 수 있다. 아직 보여주지 않은 스킬도 꽤 있으니까.

제임스는 자리로 돌아갔다.

"이번엔 모든 힘을 쓰도록 하겠다. 우리 중 몇 명이 죽는다고 하더라도 놈들을 전부 없애는 것에 초점을 맞추겠다."

"호오, 드디어?"

"그래."

그 말과 함께 인벤토리에서 무언가를 꺼내는 제임스.

"후, 아깝긴 하지만 별수 없지."

검은 보석이었다.

블랙 소울. 전장의 지휘관으로 전직을 하면서 얻게 된 일회용 소모품. 오직 직업 관련 퀘스트를 통해서만 조금씩 습득할 수 있는 것으로 오랫동안 사용하지 않고 모아왔다. 덕분에 현재 7개가 있었고 오늘은 그중에 하나를 사용하기로 결정을 내린 것이다.

공헌도를 올려야 해.

공헌도의 보상이 엄청났기에 순위권을 놓칠 수가 없었다.

최소 10위. 그것이 제임스의 목표였다.

자, 어서 와라.

"온다!"

가장 먼저 달려드는 몬스터 무리, 좀비 골리앗.

놈들을 향한 카이온 대륙 유저들의 스킬 공격이 시작된다.

날아가는 각종 화살과 마법과 기운들. 그것들이 어우러져 좀비 골리앗의 머리 위에 떨어진다. 큰 폭발이 일어나 놈들의 일부를 쓸어버리리라 믿어 의심치 않는 순간.

후우웅.

그러나 생겨난 새하얀 막이 충격을 일부 흡수했다. 드레이크의 장검에 깃든 특수 옵션의 힘이었다. 그 뒤를 이어 포르마 대륙 마법사 유저들이 실드를 사용했다. 덕분에 좀비 골리앗은 최소한의 피해로 거리를 좁힐 수 있었다.

"쯧."

그 모습에 제임스가 혀를 찼다.

그럴 줄 알았지.

시작부터 숨겨진 수를 사용해야 할 것 같았다. 언제 쓰나 결과는 같을 테니까. 포르마 대륙 유저의 몰살로 이어지리라.

쫘악.

파삭, 소리와 함께 깨어진 블랙 소울의 힘이 제임스의 전신으로 흡수되었다.

"폭군의 결계, 발동."

순간 제임스와 그 동료를 감싸던 희미한 막이 일렁거렸다. 스며든 어둠은 균열을 만들었고 이윽고 조각나며 찢어졌다.

"후아."

그 순간 제임스를 제외한 모두가 미소를 지었다.

"시작하자고."

한 몸이라 여겨졌던 그들이 사방으로 흩어진 것이다.

폭군의 결계. 블랙 소울을 소모해 강화한 스킬이 그것을 가능케 만들었다.

⬤

무혁이 고개를 갸웃거렸다.

뭐야, 흩어진다고? 그렇다면 스킬은 어떻게 되는 걸까. 깨뜨린 건가?

그럼 오히려 전투가 더 쉬워진다.

확인해 보면 알겠지.

무혁은 흩어지는 제임스 무리 한 명에게 화살을 날렸다.

파앙!

화살이 방패에 막혔다.

[31의 대미지를 입힙니다.]
[속성 타격(3)이 발동합니다.]
[55의 추가 대미지를 입힙니다.]
[속성 타격(6)이 발동합니다.]

대미지가 들어가지 않았다.

흩어졌는데도 스킬이 유지된다고……?

무혁의 동공이 흔들렸다. 저들을 한 몸이라 여겼기에 승리를 확신했었다. 그런데 해당 전제가 깨어지면서 상황을 추측할 수 없게 되었다. 계획을 조금 수정했다. 구멍이 있었지만 어쩔 수 없었다.

최선을 다할 수밖에.

먼저 버프부터.

전장의 광기, 약화, 근력 증가, 체력 증가…….

기본 버프 스킬을 전부 사용했다.

"민우야, 네가 일반 유저들 정리 좀 해줘."

"오케이!"

성민우가 곧바로 정령과 함께 속도를 높였다. 좀비 골리앗의 뒤에 숨은 채 기회를 엿보다가 아머기마병과 함께 성내부로 진입하여 카이온 대륙 유저를 상대했다.

그사이 흩어진 제임스 무리는 한 명이나 두 명씩 짝을 지은 채로 포위망을 형성했다. 이후 거리를 좁히며 공격을 퍼붓기 시작했다.

쾅, 콰아아앙!

문제는 그 힘 하나하나가 가공할 수준이라는 점이었다.

"미친……!"

이건 절대 맞아서도. 막아서도 안 되었다.

"무조건 피해!"

모두들 어지럽게 움직인다. 무혁은 그 와중에도 좀비 골리앗의 HP를 일일이 확인했다. 네 마리의 HP가 바닥이었다.

한정 부활 사용. 2번 선택.

빠르게 손을 놀린다.

1번은 죽어버린 몬스터의 영혼을 되살리는 것. 2번은 되살린 몬스터의 영혼을 스켈레톤에게 주입시켜 능력치를 상승시키는 것.

[영혼 전이 대상 몬스터를 택해주십시오.]

HP가 바닥 난 좀비 골리앗 네 마리를 택했다.

[전이받을 소환수를 택해주십시오.]

미리부터 정해놓은 네 마리를 택한다.
포이즌 오우거, 설인, 자이언트 외눈박이, 붉은 오크 대전사.

[영혼이 전이됩니다.]
[전이를 받은 소환물의 능력치가 크게 상승합니다.]

무려 좀비 골리앗이 지닌 50퍼센트의 능력치가 네 마리 소
환수에게 더해졌다. 무혁은 명령을 내렸고 즉시 네 마리가 사
방으로 달려 나갔다.

쏟아지는 제임스 무리원들의 공격들. 어렵지 않게 피해내는
민첩한 몸놀림에 무혁은 감탄했다.

오호……!

생각보다 더 강해졌다. 게다가 빨랐다.

무혁은 평소엔 불가능했을 명령들을 내렸고 네 마리 소환
수는 그 명령을 충실하게 이행했다. 덕분에 큰 피해를 입지 않
은 채 거리를 좁힐 수 있었고.

즉시 제임스 무리 여섯을 가격했다.

얼어버린 이, 굳어버린 이, 비틀거리는 이. 그들 중에 넷은
힐러였고 둘은 힐러를 보호하는 자들이었다.

됐어!

무혁이 급히 외쳤다.

"3시 방향, 전원 공격!"

탱커 유저와 힐러 유저 모두 굳어버려 대응할 수 없는 3시 방향. 그곳으로 쏟아지는 각종 스킬.

콰과과광!

아무리 능력을 공유한다고 할지라도 방패로 막아내지 못한 상태에서 집중공격을 받게 되면 위험할 수밖에 없었다.

"크윽……!"

누군가가 치유 마법을 사용한 듯, 제임스 무리원 모두에게서 새하얀 빛이 스며들었으나 상관없었다. 아직 메이지의 마법이 남았으니까.

메이지 전원, 1차 마법 발사. 마법이 쏟아지고.

메이지 전원, 2차 마법 발사. 곧바로 2차 마법까지 사용했다.

일부는 사방으로. 나머지는 전부 3시 방향으로!

콰과과광!

폭발이 터지면서 먼지가 샘솟는다.

놈들의 생사? 거기엔 관심이 없었다.

지금은 제임스를 처리하는 게 최우선 과제였으니까.

시야가 가려진 틈을 타서 아군 무리를 벗어난 무혁은 소도시의 성벽을 타고 올라갔다.

제임스. 그가 보였다.

마침 좀비 골리앗 몇 마리의 HP도 바닥을 치는 상황.

한정 부활. 2번 선택.

다시 몬스터의 영혼을 소환수에게 전이시켰다.

[전이를 받은 소환물의 능력치가 크게 상승합니다.]

그러면서도 무혁의 시선은 제임스에게서 떨어지지 않았다.

여유롭게 팔짱을 낀 채 전황을 주시하고 있는 모습.

무혁은 백호검법 제3초식, 백호참을 그에게 날렸다. 그러나 미리 낌새를 눈치챈 제임스가 방패를 꺼내어 막았다.

콰아앙!

방패를 내린 제임스가 미소를 지으며 지면을 찼다.

"왔구나!"

엄청난 속도로 다가오는 그.

흡……!

급히 윈드 스텝을 사용했지만 폭군의 결계를 사용하는 제임스보다 빠를 순 없었다.

순식간에 좁혀지는 거리.

휘잉.

장검을 뽑아 든 제임스가 휘둘러 왔다.

윈드스텝의 사용을 멈추고 백호보법으로 전환한 무혁은 아슬아슬하게 공격을 피해냈다.

"호오."

놀란 음성의 제임스.

"그럼 이것도……!"

그가 움직이기 전, 이미 무혁은 한 줄기 빛이 되었다.

백호검법 제2초식, 백호파.

제임스의 전신을 두드리기 시작한다.

퍽, 퍼버버벅.

끝없는 연계 공격을 먹였지만 제임스의 표정은 변함이 없었다.

[16의 대미지를 입습니다.]

[2의 대미지를 입습니다.]

[17의 대미지를 입습니다.]

줄어든 HP가 빠르게 차오른다. 그 정도로 미미했다.

무혁 역시 알고 있었으나 그럼에도 불구하고 놈을 맡은 이유가 있었다. 방심을 유도하는 것. 지금이 아니라 조금 후의 승리를 위해서.

"끝인가?"

어느새 연계 공격이 끝난 무혁이 본래의 상태로 돌아왔다.

"가렵잖아."

그리고 시작되는 그의 공격. 모든 것이 무혁보다 우위에 있는 탓에 피하는 것도, 도망치는 것도 어려웠다. 결국 방패를 꺼내어 날아드는 검격을 막아냈다.

[820의 대미지를 입습니다.]

스킬도 아니었다. 그저 단순한 휘두르기에 820의 HP가 줄었다. 방패로 막았음에도 불구하고 말이다.

미쳤군.

막지 않았다면 1만에 가까운 HP를 잃었으리라.

"어때?"

제임스가 물어왔으나 무혁은 대답하지 않았다. 여유 자체가 없었기 때문이다.

한정 부활. 2번 선택.

[전이를 받은 소환물의 능력치가 크게 상승합니다.]

전황을 파악하고 스킬을 사용하는 것만으로도 벅찼다. 간간이 지휘도 했다. 그것이 대답할 수 없는 이유였다.

한 치의 여유도 없는 상황.

[1,200의 대미지를 입습니다.]

연기가 아니라 현실이었고 그 분위기를 파악한 제임스는 자연스럽게 승리감에 젖어갔다.

조금만 더. 무혁은 어금니를 깨물며 버텼다.

피하고, 구르고, 막는다. 각종 칭호를 얻어 착용하고 있으며, 업적 포인트로 무수한 물약을 먹어 스탯을 높였다. 누구보다 뛰어난 아이템을 착용한 상태임은 물론이고 강화까지 최대한으로 올렸다. 기억하기는 싫으나 흑마법사의 실험이 가져다 준 기연으로 한층 더 생존력이 올라갔다.

그런 그가 압도되고 있다.

"꽤 질기구만!"

제임스도 지겨워졌는지 거칠게 스킬을 사용한다.

쾅, 콰아앙!

HP가 더욱 빠르게 줄어든다.

익스체인지. 급히 MP를 HP로 전환했다.

"후읍……!"

들려오는 호흡 소리.

크다, 이건.

막아내어도 피해가 상당할 것이다. 무혁은 방패를 내리며 몸을 옆으로 날렸다. 직후 떨어진 강력한 기운이 바닥을 헤집는다.

"하, 진짜……."

동작이 컸던 덕분에 피할 수 있었다.

제임스는 서서히 짜증이 났다.

HP가 몇인 거야, 도대체?

1만이 넘는 피해를 입혔음에도 무혁은 죽지 않았다.

"진짜 끝내자."

이대로 질질 끌 순 없었다. 스킬이 유지될 동안 결판을 내야만 했다.

위험한데.

무혁도 위기감을 느꼈다.

더 버티는 건 무리야.

급히 아머기마병을 불렀다.

쿠구구궁.

피하지 못하도록 견제하며 피해를 최소화했다.

"젠장!"

덕분에 제임스 역시 아머기마병에게 부딪히며 뒤로 밀려났다. 열 마리가 넘는 아머기마병이 그와 뒤엉킨 순간 무혁은 윈드 스텝을 사용해 도망쳤다. 그러나 순식간에 틈에서 비집고 나온 제임스가 다시 무혁을 뒤쫓았다.

"멈춰!"

무혁은 뒤를 슬쩍 돌아봤다. 강력한 기운이 다가온다. 옆으로 구르며 피해낸 후 화살을 쏘았다.

피하지도 않는 제임스.

카앙!

충격을 무시한 채 무혁에게 접근했다.

"죽어!"

휘둘러지는 검을 보며 무혁은 웃었다. 좀비 골리앗의 영혼이 전이된 듀라한이 다가와 기파를 쏘아 보낸 것이다.

"흡……!"

비틀거리는 제임스.

파천신궁 제3초식, 파천사. 백호검법 제3초식, 백호참.

두 개의 스킬을 연이어 사용했다.

콰아아앙!

피해는 크지 않겠지만 힘 자체를 무마할 순 없었다. 충격은 제임스를 저 멀리 날려 보냈고 무혁은 다시금 윈드 스텝을 사용했다.

"후우."

성벽을 넘어 겨우 본대에 합류했다.

위험했어.

그러나 아직 안심하기엔 일렀다.

곧 오겠지.

예상대로 제임스가 성벽을 넘어왔다.

"하……."

짜증이 솟구치는지 표정이 좋지 않았다.

그래 봐야 어차피 적.

무혁은 피식하고 웃으며 다시 화살을 날렸다.

카앙.

검을 휘둘러 막아내는 제임스.

"진짜, 짜증 나는군."

중얼거리면서 주변을 훑는다. 절로 미간이 찌푸려졌다.

좀비 골리앗이 사라질 때마다 스켈레톤이 강해졌다. 그 탓에 진즉 끝났어야 할 전투가 아직도 이어지고 있었다.

남은 좀비 골리앗은 열 마리 남짓.

제임스는 놈들부터 처리하기로 마음을 먹었다.

콰앙!

그러나 죽이기 전, 좀비 골리앗이 사라졌다.

"하……!"

스켈레톤 한 마리가 더 강해졌으리라.

폭군의 결계가 유지되는 시간은 앞으로 12분. 그 안에 끝낸다.

정면으로 나아가며 검을 그었다. 방패에 막혔으나 개의치 않았다.

쾅, 콰앙!

두드리고 또 두드렸다.

날아드는 공격? 피하지도 막아내지도 않았다.

HP가 꽤 떨어졌을 무렵. 치유 마법이 사용되었는지 끝까지 가득 찼다.

그리고 공격이 반복되었다.

마지막으로 남아 있던 좀비 골리앗.

"흐아압!"

제임스의 무리원 한 명이 방패로 내리찍기 직전, 희미해지며 사라졌다.

[영혼이 전이됩니다.]

스켈레톤에게 전이시킨 것이다. 허망하게 죽은 좀비 골리앗도 몇 마리 있었지만 성공적으로 전이를 시킨 상태였다. 덕분에 스켈레톤의 전력이 평소보다 훨씬 강력해졌다.

"몰아쳐!"

제임스의 외침과 함께 공격이 더욱 거세어진다.

"크윽, 젠장!"

밀리기 시작하는 상황.

조금만 더.

무혁은 차분하게 기다리면서 MP를 회복시켰다.

아머기마병 전원, 돌진, 가속 찌르기. 아머나이트 전원, 강한 일격, 충격 반환. 기마궁수 전원, 파워샷, 멀티샷. 아머메이지 전원, 1차 마법, 2차 마법.

모든 소환수에게 공격을 명령한다.

그리고…… 소환수 흡수.

그제야 비장의 한 수를 사용하는 무혁이었다.

[소환수의 능력 일부를 흡수합니다.]

[흡수할 소환수를 선택해 주십시오.]

모든 소환수를 선택했다. 각양각색의 기운이 스켈레톤에게서 뻗어 나오고, 그 모든 에너지가 무혁에게 흡수되었다.

[10분간 모든 능력치가 대폭 상승합니다.]

에너지가 넘쳤다. 게임임에도 불구하고 확연하게 느껴졌다. 한층 진화한 기분이었다.

스윽.

지면을 강하게 밀어 차는 순간 세상의 흐름이 느려지는 착각마저 들었다. 그 정도로 빠르게 움직인 무혁은 어느새 지척에 위치한 제임스를 향해 검을 내리그었다.

경악한 표정의 제임스가 황급히 방패를 들어 올렸으나 그 속도가 매우 느렸다.

방패가 절반 정도 올라왔을 땐 이미 무혁의 검날이 제임스의 머리통을 내리찍은 후였다.

정신을 차릴 수가 없었다.

[크리티컬이 터집니다.]
[498의 대미지를 입습니다.]
[61의 대미지를 입습니다.]
[896의 추가 대미지를 입습니다.]
[109의 대미지를 입습니다.]

쉴 새 없이 이어지는 그의 공격은 피할 수도, 그렇다고 막아낼 수도 없는 종류의 것이었다. 너무나 빨랐고, 은밀했으며, 그리고 파괴적이었다.

[249의 대미지를 입습니다.]

치유 마법이 간간이 들어왔지만 회복보다 줄어드는 게 더 빨랐다.

이게, 말이 된다고……?

갑자기 어이가 없을 정도로 강해진 무혁.

안 돼!

급히 정신을 추슬렀다.

스윽.

인벤토리에서 블랙 소울을 꺼냈다. 강하게 힘을 주자 퍼석 하는 소리와 함께 부서졌고 그 힘이 제임스에게 흡수되었다.

"중복 결계 발동!"

제임스와 그 무리를 감싸고 있는 막이 한층 더 강해졌다.

[124의 대미지를 입습니다.]

확실히 대미지가 줄어들었다.

이제……!

조금 여유가 생겼다고 여기는 순간.

퍽, 퍼버버벅.

거짓말처럼 무혁의 공격이 한층 더 강해졌다.

빠른 속도로 솟구치는 채팅.

-워우, 미쳤다!

-저거 뭔가요?????

-갑자기 소환수에서 빛나더니 그게 무혁 님한테 흡수됐음. 이후에 겁나 빠른 속도로 움직이더니 느끼하게 생긴 놈 조지는 중.

-그건 아는데, 저 스킬 뭐죠? 조폭 네크로맨서한테 저런 스킬이 있었나요?

-없을걸요.

-그럼……?

-그 뭐냐, 최근에 숨겨진 힘인가. 뭔가 찾아다녔잖아요. 거기서 얻은 스킬 아닐까요?

-허어, 진짜 숨겨진 힘이라고 칭할 가치가 있네요

-세도 너무 세잖아!

-근데 저기 느끼하게 생긴 놈이랑 그 무리도 엄청남.

-인정, 저 느끼한 놈 직업이 진짜 대단한 것 같은데…….

-나도 저 직업 갖고 싶다!

수다를 떠는 사이에도.

퍼버버벅.

무혁의 공격은 여전히 멈추지 않았다.

-저렇게 공격하는 것도 대단한데, 저걸 버티는 놈도 대단하다.

-인정합니다…….

하지만 그리 길지는 않았다.

-미친놈……!

결국 느끼하게 생긴 유저, 제임스는 그 말을 남기며 흐릿해졌다. 로그아웃을 당한 것이다.

-드디어 죽었다!

-끝냅시다!

-제대로 학살 모드 발동!

일루전TV를 통해 지켜보는 방청자들의 말대로 이뤄졌다. 제임스가 죽게 되면서 스킬이 풀렸고 자연스레 남은 이들을 처리하는 건 어렵지 않은 일이었다. 단연 돋보이는 것은 무혁이었는데 그는 어느새 단검을 손에 쥔 채 두 명의 제임스 무리원을 죽인 상태였다.

-그러고 보니까 압도적으로 유리할 때는 항상 저 단검만 쓰던데…….

-아직 모르는 분이 꽤 있네요.

-뭘를요?

-저 단검이 어떤 건지요…….

-뭔데요?

-음, 비밀입니다^^

-아, 짜증 나게……!

-ㅎㅎ

당연하게도 백마군의 붉은 단검이었다.

그 단검을 손에 든 채로 궁수 유저의 뒤로 접근했다.

뒤늦게 무혁의 접근을 눈치챈 궁수 유저가 몸을 틀었지만 소환수의 능력을 흡수한 무혁보다 빠를 순 없었다.

백호검법 제2초식, 백호파.

빛이 되어 연계 공격을 이어가는 무혁. 쉴 새 없이 터지는 공격에 궁수 유저의 HP가 무섭게 하락했다.

[6,321의 대미지를 입힙니다.]×3

[속성 타격(842)이 발동합니다.]×3

더 이상의 스킬도, 공격도 필요가 없었다. 겨우 세 번의 연계 공격을 버티지 못하고 궁수 유저가 죽어버린 탓이었다.

[체력(0.0218)이 상승합니다.]

상승하는 스탯을 확인하며 방향을 틀었다.

윈드 스텝.

아직 카이온 대륙의 적대 유저가 꽤 남은 상태다. 하지만 빠르게 그 수가 줄어들고 있었다. 포르마 대륙의 아군 유저들이 기세를 몰아 압박하는 까닭이었다.

"이제 대미지도 제대로 꽂힌다고!"

"이 새끼들부터 처리하자! 딴 놈들은 다 수준 이하라고!"

한 명이라도 더 많이 죽이기 위해 노력하는 무혁. 그의 움직임은 가히 압도적이었기에 다른 유저와의 차이가 컸다.

보통 포르마 대륙 유저가 카이온 대륙 유저 한 명 정도를 죽일 때, 무혁은 적어도 세 명은 죽이고 있었던 것이다.

[힘(0.0218)이 상승합니다.]

[지혜(0.0218)가 상승합니다.]

……

그럼에도 부족함을 느꼈다.

더, 더……!

갈망에 몸을 맡겼다.

[크리티컬이 터집니다.]

[적군을 사살하였습니다.]

근접 스킬 하나를 사용하여 유저를 죽이고, 바로 옆으로 이동해 또 다른 유저를 처리했다.

한 걸음에 한 명씩. 스킬 하나에 한 명씩.

그 말도 안 되는 일이 지금 벌어지고 있었다.

쉽게 말해 시작부터 끝까지 무혁 홀로 전장을 끝내 버린 것과 다름이 없는 것이다.

스킬 '소환수 흡수'의 가치를 온몸으로 깨닫는 순간이었다.

압도하는 상황. 이제 카이온 대륙의 용병이 얼마 남지 않았다.

기사가 크게 외쳤다.

"마무리를 지읍시다!"

모두들 카이온 대륙의 적대 유저를 바라보며 스킬을 난사했다. 그때, 소도시의 입구에서 성민우가 나왔다.

"어, 어어……!"

성민우의 표정이 다급해졌다. 하필, 카이온 대륙의 유저가 성문 입구 주변에 있었던 것. 그 탓에 포르마 대륙의 용병들이 날린 스킬이 전부 소도시의 입구로 날아오고 있었다.

"잠깐, 잠깐만!"

성민우가 다급히 외쳤으나 너무 늦었다.

"아니, 미친……!"

급히 뒤를 돌아보는 그.

거기엔 미처 도망치지 못했던 소도시의 주민들이 두려움에 떨고 있었다.

젠장, 타이밍이 왜 이래!

그들을 탈출시키기 위해 데려왔건만 타이밍이 너무 안 좋았다. 여기서 만약 성민우가 피해버리면 저들 대부분이 죽을 것이다.

그렇다고 막자니, 성민우가 죽게 생겼다.

순간 떠오르는 페널티 24시간.

어쩔 수 없어.

고민은 길지 않았다.

스윽.

방패를 든 채 자세를 잡는다.

정령 전원 방어 태세!

정령들 역시 자리를 잡았다.

뚫리면 안 돼……!

그 순간 한 줄기 바람이 불어왔다. 그 바람은 성민우의 앞에서 멎더니 형체를 갖췄다.

"어? 너……."

"말할 시간 없는 거 알지?"

"어어."

성민우에게 다가온 것은 바로 무혁이었다.

자리를 잡고서. 날아드는 스킬을 눈에 담는다.

앞에 위치한 유저들. 그들을 무시한 채 검을 휘둘렀다.

백호검법 1, 2, 3초식.

지진, 격살.

뒤이어 활을 꺼내어 시위를 건다.

파천궁술 1, 2, 3초식.

거기서 멈추지 않고 남은 스킬 전부를 토해냈다.

쏟아지는 검. 유도 화살. 멀티…….

성민우도 정령과 함께 스킬을 날렸다. 멀지 않은 곳에서 강대한 기운이 서로 부딪혔다.

쾅, 콰아아아앙!

거대한 후폭풍이 피어올랐다. 버섯 모양의 구름.

강한 흡입력이 바람을 생성했다. 땅이 흔들릴 정도의 파괴력.

그러나 조금 부족했던 모양이었다.

젠장……!

카이온 대륙의 모든 유저가 날린 스킬을 막아내기엔 부족했던 모양이었다. 생각보다 많은 기운이 서로 상충하며 터져 나갔지만 뒤늦게 날아온 스킬도 꽤 많았다.

이건 막아야 돼.

무혁이 방패를 들었다. 저 멀리서 스켈레톤들이 다가오고 있지만 거리가 꽤 멀다.

늦어.

홀로, 아니, 성민우와 함께 버틸 수밖에 없었다. 소환수 흡수 스킬의 효과가 아직 이어지는 상황이었기에 죽지 않을 자신은 있었다.

다만 한 가지. 저 스킬을 막아낸 후 마지막 발악을 위해 달려드는 카이온 대륙의 적대 유저까지 상대할 수 있을지는 의문이었다.

"저 새끼라도 죽이라고!"

"젠장, 어차피 죽는 거 저 빌어먹을 놈이랑 같이 간다!"

"저 새끼, NPC 지키려고 저러는 거니까 다들 공격 퍼부으라고!"

"크큭, 어디 당해봐라, 시바아아알!"

살아남을 수 있을까.

상관없어. 무혁은 24시간만 있으면 다시 접속할 수 있지만 뒤에 위치한 NPC들은 한 번 죽게 되면 끝이었으니까.

고민할 이유도, 필요도 없었다.

급히 검을 지면에 박았다.

콰아아앙!

직후 부딪힌 강대한 기운.

[……의 대미지를 입습니다.]

엄청난 속도로 HP가 줄어들었다.

익스체인지.

MP를 상당 부분 소모했으나 아직 끝이 아니었다. 그때 정령들이 앞으로 나섰다.

"괜찮냐?"

"어, 아직은."

정령은 순식간에 녹아서 사라졌다.

"후읍!"

뒤이어 성민우가 스킬 몇 개를 감당한 후 뒤로 날아갔고 무혁은 검을 바닥에 깊게 꽂고서 자리를 지켰다. 검이 지면을 갈

라내며 조금씩 밀려났지만 아직은 괜찮았다.

익스체인지.

이제 MP도 얼마 남지 않았다.

쿵, 쿠웅!

그럼에도 스킬이 끝나지 않았다.

위험한데.

HP가 절반 아래로 떨어지고 MP가 바닥을 보이고서야 공격이 멈췄다. 저 멀리 기사와 유저들이 손을 흔드는 게 보였다. 추가 공격을 멈추라는 의미이리라.

다행이야.

하지만 눈앞에 다가온 카이온 대륙의 적대 유저가 남아 있었다.

"죽어, 새끼야!"

그때, 무혁이 씨익 하고 웃었다. 다행히 스킬 몇 개가 남은 상태였던 것이다.

잠력 격발.

무혁의 몸에서 힘이 피어올랐다.

[HP와 MP가 차오릅니다.]
[모든 신체 능력이 15퍼센트 상승합니다.]

소환수를 흡수한 현재. 잠력 격발의 효율은 한 마디로 사기, 그 자체였다.

퍽, 퍼버벅.

스킬도 없이 그저 움직일 뿐이었건만, 카이온 대륙의 적대 유저는 그런 무혁의 공격을 결코 피해낼 수 없었다.

"이 괴물 새끼……!"

적대 유저 모두를 쓸어버렸다.

"후우."

그제야 성민우의 뒤에 있던 NPC들이 다가왔다.

"고, 고맙습니다."

"정말 고맙네……."

"고마워요, 형!"

어린아이, 어른 할 것 없이 모두 무혁과 성민우에게 인사를 해왔다. 이런 이들이 대륙 곳곳에 있으리라 생각하니 괜스레 마음이 무거워졌다.

소도시 탈환을 성공적으로 마무리한 무혁은 오랜만에 강화 작업을 뒤로하고 로그아웃을 했다. 최근 무리를 한 탓에 꽤나 피곤했기 때문이다.

후, 오늘은 좀 쉬자.

거실로 나가니 어머니 이혜연이 TV를 보고 있었다.

"나왔어?"

"응."

"배고프지? 금방 밥 차려줄게."

이혜연이 부엌으로 향해 뚝딱 저녁상을 차렸다.

"자, 먹어."

"잘 먹겠습니다."

차려진 여러 밑반찬과 김치찌개.

무혁은 밥을 한 숟가락 뜬 후 밑반찬을 집어 먹었다. 달콤하면서도 짭조름한 반찬이 쌀알과 어우러지면서 감칠맛을 더해 줬다. 다음에는 김치찌개를 떠서 먹었는데 돼지고기와 김치, 그리고 시원한 국물이 조화를 이뤄 입맛을 돋웠다.

"어때?"

"완전 맛있어. 전이랑은 좀 다른데?"

"요즘 친구들이랑 요리 배우잖니."

"아, 맞다. 그랬지."

이혜연이 걱정스럽게 쳐다봤다.

"너무 게임만 하는 거 아니니? 눈도 퀭하고……."

"좀 중요한 일이 있어서. 이번 일만 끝내면 좀 쉬려고."

"잘 생각했어."

일상의 대화를 이어가는 사이.

"어?"

벌써 밥 한 공기를 모두 먹어버린 무혁이었다.

"더 줘?"

"음, 한 숟가락만."

"알았어."

이혜연이 주걱으로 한 숟가락을 가득 퍼서 그릇에 담았다.

"그게 무슨 한 숟가락이야……."

"한 숟가락이지, 뭘. 밥이라도 많이 먹어둬야 힘이 나는 거야."

"많은데……."

투정을 부리면서도 어느새 손이 움직였다.

밥을 퍼서 먹고 김치찌개를 떠서 입에 넣는다.

으, 맛있네.

그러다 보니 어느새 뚝딱 해치워 버렸다.

"다 먹었네."

"거봐라."

무혁은 빈 그릇을 들고 싱크대로 향했다.

"엄마가 치울 테니까 쉬어."

"괜찮은데."

"엄마도 괜찮아."

"으응."

등을 밀린 무혁은 거실 소파에 앉아 TV를 틀었다.

-오늘도 힘차게, 팍팍 가볼까요?

마침 일루전의 세계가 시작되었다.

"자, 이것도 좀 먹어봐."

순식간에 설거지를 끝낸 어머니가 과일을 깎아줬다. 그것들을 하나씩 먹으며 일루전의 세계를 시청했다.

제2장
유명세

포르마 대륙 곳곳에서 벌어지는 크고 작은 전투들. 일루전의 세계는 오늘도 그 무수한 전투 중 하나를 화면에 담기 위해 바삐 움직였다. 오늘은 생방이었기에 특히나 더 조심스러웠고 신중했다.

-보이시나요?

　유라의 말에 남성 MC가 고개를 끄덕인다.

-그럼요. 오늘도 치열하네요. 보기만 해도 살짝 겁이 날 정도예요.
-저는 오히려 의욕이 솟아요.
-언제봐도 유라 씨는 대단한 것 같아요.

-왜요?

유라가 고개를 갸웃거렸다.

-뭐랄까, 강인한 여전사의 느낌이라고 해야 할지…….
-칭찬이죠?
-그럼요!
-고마워요. 그냥 성격이 그래요. 지고는 못 산다고 해야 할까요.
-털털하기도 하고요.
-그런 편이죠.
-자, 그런 의미에서 오늘도 시원하게 한번 가볼까요?
-좋아요!

두 명의 MC가 전장으로 나아간다. 그들을 찍는 카메라맨들 역시 전투가 벌어지는 곳과 서서히 가까워진다.

쾅, 콰아앙!

생각보다 치열했다. 접전이랄까.

-네, 잘못하면 탈환에 실패할지도 모르겠어요.
-그렇군요. 포르마 대륙의 유저들이 밀리는 형국이에요.

그때였다. 미처 피하지 못했던 NPC들이 존재했던 모양이었다. 평범하기 그지없는 이들이 다급한 표정으로 마을의 사방에서 뛰쳐나왔다.

　-어, 어어……!

　하지만 주변에서 벌어지는 싸움의 여파가 커서 그들 대부분
이 다치거나 죽었다.
　쫘악.
　유라의 표정이 굳었다. 주먹이 절로 쥐어진 그녀.

　-나쁜……!

　차마 방송이라 욕은 입에 담지 못하는 유라였지만 표정만
으로도 어떤 심경인지 알 수 있었다. 직접 나서서 칼을 뽑아
카이온 유저를 죽여 버리고 싶은 것이리라.

　-유저도 아니고 NPC인데……!
　-으음.

　남성 MC의 표정도 좋지 않았다. NPC는 죽으면 끝이기 때
문이다.
　일루전을 즐기는 이들은 대부분이 공감하는 한 가지. 직접
겪게 되면 절대 NPC를 보고서 사람이 아니라고 말하지 못한
다는 것이다.

그런 이들이 눈앞에서 죽어버렸으니 그 충격은 생각보다 더 컸다.

방송을 시청하는 이들도 다르지 않았다. 일루전의 세계, 홈페이지. 거기에 게시물이 빠르게 올라왔다.

[제목 : 미친 거 아님? 카이온 대륙 새끼들 돌았나!]

[내용 : 이게 말이나 되냐고요. 아니, 저 마을에서 내가 지낸 것만 3개월이고. 그동안 친해진 사람들만 몇 명인데! 물론 사람이 아니라 NPC이긴 한데. 아니, 시발. 그게 중요한가? 결국 나랑 대화하고 생각하고 함께 지냈던 사람이잖아! 돌겠네요……. 충격이 너무 커서 지금 정신이 혼란스럽네요. 지금 뭐라고 쓰고 있는 건지도 사실 잘 모르겠음. 하, 저기서 사망해서 접속 페널티 때문에 지금 들어갈 수도 없고. 미치겠네, 진짜…….]

해당 게시물이 달리는 댓글들 또한 많았다.

└이건 리얼 충격이네요…….

└하, 아무리 NPC라지만. 아니, NPC니까 더 신중했어야 하는 거 아닌가……?

└타 대륙이라고 무시했겠죠.

└거기랑 인연 맺은 유저들이 얼마일지 생각이나 할까요? 저도 거기서 퀘스트 깬 적 있고 그 탓에 잡화점 아저씨랑 좀 친해졌었는데. 그 사람이 죽었다고 생각하니까 약간 심적인 충격이 생각보다 크네요…….

└시발, 나도 NPC들 사실 무시하고 있었는데 막상 죽는 거 보니까

이건 좀 아니다, 싶다.
   └카이온 개××들……!

   공감하는 이가 많았다. 충격을 받은 자들. 그 탓에 타자로 욕을 칠 수밖에 없는 이들. 모두 한 마음이었다.
   그건 유라 역시 마찬가지였다.

   -이건 아니잖아요……!

   그녀가 내뱉은 말이 무겁게 번졌다.
   남성 MC가 고개를 저었다.

   -후, 하지만 이런 일이 곳곳에서 벌어지고 있습니다. 지금까지 촬영을 하면서는 처음 보는 상황이기에 충격이 크네요.
   -부디 NPC만큼은 도망칠 수 있는 길을 열어두고 전쟁을 해야 하지 않을까요?
   -네, 사실 대륙 전쟁이라고는 하지만 실질적인 전투는 용병들, 그러니까 우리 유저들이 도맡고 있는 실정이죠.
   -맞아요.
   -유저와 달리 병사들은 죽으면 끝이기 때문이고. 그런 사실을 각 대륙의 지배자 역시 알고 있기 때문입니다. 아마 흐름을 바꾸거나, 판도를 뒤바꾸는 정도의 큰 전쟁이 아니라면 NPC 병사나 기사가 투입되는 경우는 거의 없을 겁니다.

-사실 기사라고 해도 그들보다 강한 유저도 많으니까요.

-그렇죠. 그러니 부디, 카이온 대륙과 포르마 대륙 유저 모두 이 방송을 보고 있다면 마을에서 지내던 평범한 NPC들이 충분히 피할 수 있는 협조를 부탁드립니다.

-어려운 일일까요?

유라의 질문을 끝으로 다시 화면이 전투에 집중되었다.

결국 탈환에는 성공했다. 그러나 유라를 포함하여 시청자 모두 순수하게 기뻐하지는 못했다.

-오늘은 여기서 마칠게요.

-다음에는 웃으며 볼 수 있기를.

두 MC의 인사를 끝으로 촬영이 종료되었다.

유라가 한숨을 쉬며 카메라맨 뒤에 위치한 김민호 PD에게 다가갔다.

"삼촌. 나가 있을게."

"같이 밥이나 먹자."

"으응."

로그아웃을 한 유라는 잠시 멍하니 자리에 서 있었다. 그러다 김민호 PD가 다가오고서야 애써 웃었다.

"충격이었지?"

"많이."

"후, 그래. 일단 나가서 바람도 쐬고 저녁도 먹자."

둘은 함께 방송국을 나섰다. 차를 타고 근처 삼겹살 맛집으로 향했다. 식당 내부로 들어가자 직원이 나왔다.

자리를 안내받은 후 메뉴판을 받는 두 사람.

"뭐로 드릴까요?"

"음, 삼겹살 먹자."

"삼촌 마음대로 해."

"그래, 그럼 삼겹살 세트로 주세요."

"네, 잠시만 기다려 주세요."

잠시 뒤에 삼겹살이 나왔다. 불판 위에 올라가고. 치이익 하는 소리와 함께 고기가 익었다.

그때까지도 유라는 말이 없었다.

"크흠, 오늘은 좀 심하긴 했었지."

"심한 정도가 아니었어."

유라는 잠시 고민하다 입을 열었다.

"방법이 없을까, 삼촌?"

"방법? 무슨 방법?"

"난 그 작은 마을과 소도시에서 살아가는 NPC가 죽는 걸 보고 싶지 않다구."

유라의 말에 김민호 PD가 입을 다물었다.

방법이라. 그걸 찾는 게 쉬울 리가.

쓸쓸한 미소가 그려진다.

"후, 일단 고기부터 먹자."

"으응."

그때 근처 자리에 앉아 있던 누군가가 TV를 틀었다. 일루전의 세계와 더불어 가장 유명한 프로그램 '일루전을 위하여'가 방영되고 있었다.

-오늘 가장 이슈가 된 영상이죠.

그 말에 유라가 움찔거렸다.

-지금부터 보겠습니다!

고개를 들어 화면을 눈에 담는다.

"어……?"

유저를 압도하는 이가 보였다.

눈에 익은 사내.

"무혁 씨?"

"응? 무슨 소리야?"

"저기."

유라의 말에 김민호 PD가 고개를 돌렸다. 정말로 무혁이 나오고 있었다.

"호오, 오랜만인데?"

다만 상황은 파악할 수가 없었다. 마침 자막이 떴다.

[압도적인 실력으로!]
[카이온 대륙의 유저를 물리치는 무혁!]

그에 대번에 상황이 파악되었다.

"대단해, 역시."

"그러게요."

그 순간 갑자기 화면이 바뀐다.

"음?"

화면은 저 멀리 소도시의 입구를 비췄다.

"민우 씨?"

성민우가 손을 흔든다. 급박한 기색이다.

그러나 눈치를 못 챈 유저들이 스킬을 난사했다. 하늘을 채운 스킬을 화면에 담고, 직후 다시 성민우를, 아니, 그의 뒤에 위치한 허름한 복색의 NPC를 클로즈업했다.

"어, 어어……!"

유라의 안색이 파리해졌다.

안 돼……!

그 순간 성민우의 앞으로. NPC들의 앞으로.

무혁이 바람처럼 나타나더니 스킬을 난사했다. 그것으로는 부족해서 방패를 들고 검을 내리찍은 채 버티기 시작했다.

[NPC를 구하기 위해 몸을 바치는 무혁!]

거대한 폭발이 멎고 죽지 않은 무혁을 향해 카이온 대륙 유저가 달려든다.

"어, 어어……!"

그러나 그들마저 압도해 버렸다.

-네, 다시 봐도 가슴이 뜨겁군요.

-정말 대단하네요.

두 명의 MC로 화면이 바뀌고 그들이 대화를 나눴다.

-해당 영상이 엄청난 조회 수를 기록하는 중이죠?

-맞아요. 벌써 300만 조회 수가 넘었으니까요.

-와, 겨우 1시간 만에……!

-놀랍죠?

-그럼요. 엄청나네요.

-더 놀라운 게 있죠.

-네? 뭔가 또 있나요?

-네, 이 영상과 비슷한 조회 수를 기록하는 영상이 하나 더 있다는 거죠!

-네에? 그건 몇 시간이나 되었는데요?

-역시 1시간 정도 되었죠.

-허업, 엄청나네요.

-궁금하죠? 어떤 영상인지 보겠습니다!

다음으로 나온 영상에 유라의 표정이 일그러졌다.

"……."

그녀가 MC를 맡고 있는 일루전의 세계였다. 문제는 영상이 NPC가 죽어 나가는 참혹한 장면이라는 부분이었다.

생방이었기에 영상이 나가자마자 누군가 녹화를 해서 퍼뜨린 모양이었다. 무엇보다 무혁의 영상과 비교가 되면서 더욱 조회 수가 높아진 것 같았고.

-으음……!

-다시 봐도 참혹하네요.

-보고 싶지 않은 장면이기도 하죠.

-맞아요.

-이렇게 두 개의 영상이 비교가 되면서 퍼지고 있는 상황인데요.

-일루전을 즐기는 이들은 모두 NPC의 죽음에 충격을 많이 받았다고 하더군요.

-맞습니다. 저도 게임을 즐기는 입장인데요. NPC에게서 퀘스트를 받고. 몬스터를 사냥하고. 그들을 위해 일해 왔던 게 바로 우리들이죠. 그렇게 가까워졌고, 친근해졌고. 그 탓에 은연중에 그냥 일루전에서 살아가는 사람이라는 생각이 들게

된 겁니다. 그런 이들이 죽어버렸으니 충격이 될 수밖에요. 견디기 어려워하는 이도 많은 모양입니다.

-네, 유저의 죽음과는 분명히 다르니까요.

-그래서 이렇게 이슈가 되는 거구요.

-부디, 이번 이슈로 인해서 NPC들의 생존에는 한 마음으로 움직이는 상황이 나오기를 기대해 봅니다.

-어려운 일이겠지만요.

유라는 끝까지 시선을 돌리지 않았다.

"괜찮아⋯⋯?"

김민호의 말에 그녀가 고개를 끄덕였다.

"응, 방법을 찾았으니까."

"음?"

"무혁 씨랑 계약 좀 맺으면 어때?"

"무슨 소리야, 갑자기?"

"아마 저 사람도 NPC들 죽는 거 보기 싫을 거야. 그러니까 설득해서 앞으로의 전쟁에서 NPC를 무조건 구하는 방향으로 가는 거지. 그 모습을 우리는 방영하는 거고. 언론에도 좀 도와달라고 하면 되잖아. 여론 앞세우면 뭔가 될 것 같지 않아? 응? 삼촌. 제발."

허황된 이야기는 아니었다. 충분히 이슈가 된 상황. 그 이슈를 끊이지 않게 이어가면서 여론을 흔든다.

"으음⋯⋯."

그 여론에 휘둘린 이들은 조금이나마 더 NPC를 구하기 위해 노력할 것이 분명했다. 물론 단순히 그 이유만으로 움직일 김민호 PD가 아니었다.

"방송은 시청률이 1차 목표인 거 알지?"

"응."

"그래, 그럼 해보자."

이 정도 이슈라면 시청률은 당연히 보장되리라.

1석 2조의 효과. 거절할 이유가 없었다.

"연락은?"

"삼촌이 해."

"그럴까?"

마침 삼겹살이 익었다.

"일단 먹자."

"응!"

기운을 차린 유라가 삼겹살 한 점을 입에 넣었다. 숙성 삼겹살이어서일까. 그 감칠맛이 입안을 가득 채웠다.

"맛있어……!"

김민호 PD 역시 크게 만족한 표정이었다.

휴대폰을 꺼냈다. 저장된 목록을 찾던 중 원하는 이름을 발견했다.

무혁.

너무 일찍 로그아웃을 한 걸까. 할 게 없네.

멍하니 누워 있으니 쓸데없는 생각만 떠올랐다. 일루전의 세계에서 봤던 NPC의 죽음. 괜히 찝찝해져서 혀를 찼다.

그때 휴대폰이 울렸다.

[김민호 PD님.]

액정에 나온 이름에 몸을 일으켰다.

웬일이지.

"여보세요?"

-접니다. 오랜만이죠?

"네."

-혹시 저녁 드셨습니까?

"방금 먹었어요."

-아, 그러면 같이 술이라도 한잔할까요. 프로그램 관련해서 드릴 말도 있구요.

"음......."

마침 심심했는지 잘됐다 싶었다.

"좋아요."

-장소는 문자로 보내 드릴게요.

"네."

통화를 끊고 기다리자 문자가 왔다.

고기집이네.

외출복으로 갈아입고 집을 나섰다. 차량을 끌고 나선 지 20분. 목적지에 도착한 무혁은 주차를 하고 차에서 내려 식당으로 들어갔다. 마침 정면에 김민호 PD가 보였다.

"어, 여기예요!"

그에게 다가가면서 맞은편에 앉은 그녀, 유라를 쳐다봤다.

"반가워요."

"그때 게임에서 보고 처음이죠?"

"그러게요."

자리에 앉은 무혁을 두 사람이 빤히 쳐다봤다.

"음? 왜 그러세요?"

"아, 실은 방금 전까지 영상을 보고 있어서요."

"영상요? 어떤……?"

무혁이 고개를 갸웃거리자 두 사람이 의문을 표했다.

"모르세요? 지금 무혁 씨 영상이 이슈잖아요."

"어, 제 영상이요?"

"모르시는구나. 보여 드릴까요?"

"아, 네."

일루전의 세계만 보고 뒹굴기만 해서 본인 영상에 대해선 모르고 있었다. 다만 유라가 영상을 재생하자마자 어떤 건지 한 번에 파악할 수 있었다.

"아마 오늘 있었던 탈환 작전일 걸요?"

"맞네요."

"거기서 NPC 구하셨죠? 그 부분이 이슈가 되었어요."

무혁이 고개를 갸웃거렸다.

"왜요?"

"크흠, 실은 그게 말입니다."

그때 김민호 PD가 끼어들었다.

"오늘 일루전의 세계가 방영이 되었는데 거기선 NPC가 학살을 당했어요. 반면에 무혁 씨가 나온 영상에선 NPC를 구했고요. 대조적인 영상 두 개가 비슷한 시간에 풀리면서 이슈가 확대된 것 같더군요."

"아아……."

"아무튼 저희도 마음이 좋지 않아서 고민을 좀 해봤습니다. 어떻게 해야 이번 이슈를 끌고 가면서 NPC들에게 이로울 수 있을까. 그러다 무혁 씨가 떠오른 거죠."

"흐음."

"지금 NPC를 구한 영상이 화제니까 저희 프로그램과 계약을 맺고. 무혁 씨를 따라다니면서 NPC를 구하는 모습을 방영할 겁니다. 그러면 여론은 자연스럽게 NPC를 되도록 죽이지 말자는 쪽으로 흐를 겁니다. 그러면 전쟁에 참여하는 이들도 한 번은 더 생각하게 되지 않을까 싶습니다."

이건 의도가 명확했다.

"도저히 거절할 수가 없네요."

"하하, 감사합니다!"

무혁 역시 그들의 죽음을 보고 싶지 않았다.

"계약은 내일 가능할까요?"

"네."

"좋습니다. 일단 대략적인 내용은 구두로 알려 드리겠습니다. 먼저……."

설명을 들은 무혁이 흡족한 표정으로 고개를 끄덕였다.

"좋네요."

"당연하죠. 최고의 대우입니다."

안 그래도 요즘 돈 나갈 곳이 많았다.

무구 강화 재료비만 얼마던가. 며칠 뒤에는 문양까지 구입해야 하는 실정이었으니.

꽤 짭짤하겠네.

예상하지 못한 목돈도 좋았지만 촬영의 의도가 더 마음에 들었다.

"자, 기분 좋게 한잔하시죠."

"좋죠."

그날, 오랜만에 술에 취한 무혁이었다.

눈을 뜬 무혁이 한 손으로 머리를 눌렀다.

"으으……."

숙취 때문에 두통이 온 탓이다.

어우, 머리야. 속도 쓰리고.

침대에서 일어나 부엌으로 향했다. 냉장고에 있는 생수통을 꺼내어 들이켰다. 시릴 정도의 차가움이 목구멍을 통과하니 좀 살 것 같았다. 그래도 두통은 여전했기에 미간을 찌푸리며 주변을 둘러봤다.

본능적으로 해장국을 찾고 있는 것이다.

끼이익.

마침 안방의 문이 열리며 어머니가 나왔다.

"일어났어? 속 쓰리지? 어제 많이 취했더라."

"웅, 머리도 조금 아프네."

"기다려. 북엇국 해줄 테니까."

그 말에 무혁이 희미하게 웃었다.

북엇국은 금세 차려졌고.

"잘 먹겠습니다."

한 그릇을 뚝딱 하고 비우자 거짓말처럼 속 쓰림과 두통이 사라졌다.

"후, 살겠다."

"왜 그렇게 많이 마셨어?"

"아, 일루전의 세계 알지? 거기 PD님이랑 이야기 좀 하다 보니까."

"PD랑?"

"웅, 계약하기로 했거든."

어머니, 이혜연의 눈이 조금 커졌다.

"계약이라니?"

"아, 내가 게임 하는 거 촬영하겠다고 해서."

"그럼 TV에도 나오겠네?"

"당연하지."

뭐, 딱히 TV에 나오는 거에 연연하지 않았지만 나오는 건 나오는 거였으니까.

그렇게 계약과 관련하여 이런저런 이야기를 하는 동안 시간이 꽤나 흘러 버렸다.

"어? 엄마, 미안. 나 접속해 봐야 될 것 같은데?"

"그래, 가봐."

[새로운 세상에 오신 것을 환영합니다.]

접속하니 주변 유저의 시선이 몰렸다.

"오빠!"

"야, 왜 이렇게 늦었어?"

"어어, 미안. 어제 술을 좀 마셨더니."

"웅? 오빠, 술 마셨어?"

"어, 일루전의 세계 PD님한테서 연락이 와서."

"어? 설마 계약?"

무혁이 고개를 끄덕였다.

"오오, 축하한다."

"축하해, 오빠."

"고마워. 그보다 많이 기다렸지?"

무혁의 질문에 예린이 목소리를 낮췄다.

"사실 오빠가 마지막이야. 10분 정도 기다린 것 같아."

"으음."

그제야 주변 유저들의 시선이 따가운 이유를 알아차렸다. 물론 그렇다고 해서 무혁에게 대놓고 뭐라고 하는 사람은 없었다. 지금까지의 전투에서 함께하면서 무혁이 얼마나 대단한지 알고 있기 때문이었다.

쉽게 말해 강자. 일루전에서는 강하면 장땡이었다.

"죄송합니다."

사과는 했다.

"아, 뭐…… 괜찮아요."

모두들 별수 없이 받아주는 기색이었다.

마침 기사가 외쳤다.

"자, 모두 모였으니 다시 탈환을 위해 출발하겠습니다!"

오늘도 빼앗긴 마을과 소도시의 탈환을 위해 여기저기를 움직였고 쉬는 시간에는 틈틈이 무구를 강화했다.

⬤

그날 저녁. 김민호 PD와 다시 만난 무혁은 제대로 된 계약서에 사인을 했다.

"자, 그러면 내일부터 바로 촬영 시작하겠습니다."

"네, 지금 요세프 소도시에 있으니 내일 오전 9시 전에 오셔야 돼요."

"물론이죠."

대우도 좋았고 의도도 마음에 들었기에 내일의 촬영이 꽤나 기대가 되었다.

"아, MC는 똑같죠?"

"네, 유라하고 성호입니다. 혹시 불편하신지……?"

"아뇨, 괜찮아요."

"네, 그럼 내일 뵙겠습니다."

김민호 PD와 헤어진 후 무혁도 집으로 돌아가기 위해 차에 탑승했다. 어제 충분히 쉬지 못한 탓에 아직 피로감이 몸에 덕지덕지 묻은 상태였다.

오늘은 진짜 쉬자.

집으로 향하는 길. 동네에 스포츠 마사지샵이 보였다.

음, 마사지나 좀 받을까.

예전에 가족과 함께 온 적이 있었다.

고민하다가 차를 주차하고 건물에 들어서 마사지샵으로 올라갔다. 생각보다 사람이 많았는데 대부분이 연인이거나 혹은 가족들 모임인 것 같았다.

"어서 오세요. 혼자 오신 건가요?"

"네."

"그러면 스포츠 마사지 추천해 드릴게요."

"으음."

1시간에 7만 원. 1시간 30분에 10만 원이었다.

"이걸로 할게요."

"1시간 30분, 스포츠 마사지. 10만 원입니다."

카드로 결제를 하자 직원이 방으로 안내했다. 샵에서 사용하는 옷으로 갈아입고 누워 있으니 마사지사가 들어왔다.

"으읍……!"

생각보다 아팠다.

"아프세요?"

"어어, 네."

"어깨가 많이 뭉쳐서 풀어줘야 돼요. 그래도 많이 아프시면 다시 말씀하세요."

"네에."

조금 힘을 뺀 마사지가 이어졌지만 여전히 아팠다.

으음……!

그렇게 3분 정도가 지났을 무렵.

어……?

고통이 사라지고.

어, 어어.

졸음이 몰려올 정도의 나른함과 시원함이 번졌다. 특히 어깨와 목이 시원했다.

"이제 안 아프죠?"

"어어, 네."

그 이후로는 기억이 흐릿했다. 정신을 차리니 어느새 마사지가 끝나 버린 것이다.

1시간 30분? 정말 그 시간 동안 마사지를 받은 걸까, 의문이 들 정도였다.

근데 시간은 맞단 말이지.

무엇보다도 몸이 가벼워졌음을 확연하게 느낄 수 있었다.

엄청 개운해.

이후 옷을 다시 갈아입고 집으로 돌아간 무혁은 샤워를 하고 침대에서 뒹굴었다. 본래라면 찌뿌둥해서 틈틈이 스트레칭을 해줘야 했지만 오늘은 전혀 그럴 필요가 없었다.

가벼워……!

너무 멀쩡해서 쉴 필요가 없을 정도였다.

강화나 하자.

결국 일루전에 접속해 버린 무혁. 대부분의 유저가 로그아웃을 한 상황이라 조용하기 그지없는 공간에서 소환수의 무구를 강화하기 시작했다.

캉, 카앙!

망치가 휘둘러질 때마다 빛이 터진다.

[강화에 성공하셨습니다.]

한 자루의 무기는 생각보다 쉽게 8강까지 올릴 수 있었다. 다만 다음 자루가 계속 실패하는 탓에 새벽 1시가 되어서야 겨우 작업을 마무리 지을 수 있었다.

오늘은 두 자루네.

나쁘지 않은 결과였다. 만족하며 게임에서 나온 무혁은 그제야 잠을 청했다.

다음 날. 번쩍하고 눈을 뜬 무혁은 시간부터 확인했다.

7시 20분.

몸을 일으켜서 이리저리 움직여 봤다.

아직도 가벼워.

어제의 마사지 효과가 생각보다 대단했다.

종종 받아야겠는데.

그런 생각을 하며 아침을 먹고 게임에 접속했다. 8시가 조금 넘은 시간이었기에 접속한 이는 그리 많지 않았다. 해서 어제와 마찬가지로 강화 작업을 이어갔다. 약 20분이 흘렀을 즈음에 예린이 가장 먼저 접속했다.

"오빠!"

"왔어?"

"응, 강화하고 있었어?"

"그렇지, 뭐."

"참, 오늘 촬영팀도 온다면서."

"응, 9시 전에는 올 거야."

예린의 표정이 묘해졌다.

"그럼 그 유라 님도 오겠네?"

"그렇지, MC니까."

"그렇구나."

무혁이 유라의 머리를 쓰다듬었다.

"질투하는 거야?"

"질투는 무슨!"

"질투 같은데?"

"아니거든!"

"걱정 마."

"걱정 안 해. 오빠는 내 거니까!"

대화를 나누는데 구역질 소리가 들려왔다.

"우웨에에엑."

가까운 곳에서 성민우가 역겨운 표정을 연기하고 있었다.

"너희들 평소에 그러고 노냐? 닭살이다, 닭살."

"부러우면 부럽다고 하든가."

평소처럼 투덕거리며 놀고 있으니 유저들이 하나둘씩 모였다. 김지연도 접속을 했고, 마지막으로 무혁을 촬영하기 위한 일루전의 세계 촬영팀도 늦지 않게 모습을 드러냈다.

"반갑습니다!"

유라의 등장에 남성 유저들의 눈이 커졌다.

"오오, 여신이다……!"

"유라, 유라야!"

"대에박!"

다들 호들갑을 떨었다.

"환영해 주셔서 감사합니다! 오늘부터 저희가 여기서 촬영을 하게 되었거든요. 잘 부탁드릴게요!"

"무조건 대환영이죠!"

"완전 천사다!"

"호호, 고마워요."

유라의 친화력이 빛을 발했다. 그래도 나름 전쟁이라고 분위기가 최근 처져 있었던 게 사실이었다. 그 피로함을 유라는 존재감만으로 날려 버린 것이다.

"자, 다들 힘내요!"

"아즈아아아!"

"제 이름 한 번만 불러주세요! 김철민!"

"철민 씨, 파이팅!"

"우오오오오!"

화기애애한 분위기는 좀처럼 가라앉지 않았다. 오늘은 녹화 방송인 탓에 유라가 보다 많은 유저에게 다가가 질문을 던지고 이야기를 나눈 덕분이었다. 당연히 주된 목적은 무혁이었지만 아직 전투가 시작되지 않은 터라 이 정도 여유는 충분히 부릴 수 있었다.

"후아, 끝내준다."

"오늘 기분 최곤데?"

유라는 차분하게 사람들을 휘어잡았다.

"자, 그럼 이제 출발해야죠?"

상황을 지켜보던 기사가 그제야 나섰다.

첫 번째 목적지인 작은 마을. 쉽게 탈환에 성공한 그들은 다음으로 소도시까지 탈환을 마쳤다.

유라의 존재 덕분일까, 유저들도 최선을 다했고 무혁은 언제나와 마찬가지로 압도적인 힘을 보여줬다.

잠시 휴식을 취하고 있는데 갑자기 구석진 건물에서 아이 하나가 나왔다. 그 아이를 정확하게 확인한 무혁이 고개를 돌렸다.

성민우와 예린, 김지연. 그리고 심지어 유라까지도 분명하게 그 아이를 확인한 표정이었다.

"어?"

그러나 사내아이는 순식간에 건물로 들어갔다.

자의는 아니었다. 열린 문에서 튀어나온 손길 하나가 아이를 우악스럽게 끌어당긴 탓이었다.

"NPC 맞지?"

"어."

"저기에 숨어 있었나 본데?"

"지금 가서 어서 도망치라고 전해주자고."

"오케이."

성민우가 대수롭지 않게 몸을 일으켜 그들에게로 나아가려는 순간.

"모두 집중해 주십시오!"

기사의 목소리가 크게 들려왔다.

굳어 있는 그의 표정.

앞에 위치한 병사에게 무언가를 전해 들은 모양이었다.

"낯선 이들이 다가오고 있습니다. 아무래도 카이온 대륙의 용병인 것 같습니다."

유저들이 기사에게 모여들었다.

"네? 그 말은……?"

"이곳을 치려는 모양입니다."

굳어버린 무혁과 그 일행들의 표정. 불안한 눈동자.

"어쩌지?"

"일단 저기로 못 가게 막자."

건물 안에 있는 NPC를 확인한 이상 저들에게 피해가 가지 않도록 움직여야만 했다.

"떨어진 곳에서 싸우자는 거지?"

"어."

"후, 무조건 이겨야겠네. 이번 싸움은."

"그래야지."

다들 의지를 다졌다. 평소보다 더욱.

"모두 전투 준비!"

멀지 않은 곳.

숲을 헤치고 나오는 무리가 눈에 들어왔다. 생각보다 수가 많았다. 이곳, 소도시를 지키는 포르마 대륙 유저의 2배 정도는 되어 보였다.

"3번 플랜으로 실시하라!"

기사의 지시에 따라 용병들이 각자 자리를 잡았다. 일부 용병은 소도시의 입구를 막았다. 거리가 좁혀졌을 무렵, 원거리 공격이 가능한 이들이 공격을 퍼부었다.

콰과과과광!

그건 다가오는 적대 유저도 마찬가지였다.

하늘에서 힘과 힘이 부딪힌다. 강한 폭풍을 뚫고서 적대 유저가 입구로 접근해 왔다.

"방어!"

입구를 지키는 유저들이 1차로 막아냈으나 끝없는 공격을 막는 건 당연히 불가능했다. 뒤로 빠르게 물러났고 다른 유저가 끼어들어 방어를 맡았다. 그렇게 조금씩 뒤로 물러나면서 입구를 적들에게 내어주게 되었다.

"돌진!"

"안으로 들어가!"

"밀어붙여!"

카이온 대륙 용병들은 꾸역꾸역 소도시 내부로 진입했고.

"헙……!"

그 순간 그들은 대기하고 있던 궁수 유저와 기마궁수의 화살 세례를 맞이해야만 했다.

입구를 막 지나온 카이온 대륙의 유저들이 죽어 나가기 시작했다. 그럼에도 불도저처럼 밀고 들어왔다.

"쭉 들어가, 멍청이들아!"

"안으로 들어가기만 하면 이긴다고!"

"그냥 밀어붙여! 어서!"

밀고 들어가는 힘이 더욱 강해진다. 빠른 속도로 달려가는 카이온 유저들. 그러나 뒤이어 날아온 마법 공격에 십여 명이 녹아버렸다.

"무시해!"

"공헌도 올릴 기회라고!"

패널티 24시간이 우스운 걸까. 저들은 정말 죽음에 거리낌이 없어 보였다.

"뭐야, 저것들은."

"흐음."

"조금 싸이코 같은데?"

"무섭네, 단체로 저러니까."

무혁은 웃으며 시위에 화살을 걸었다.

"뭐, 들어올 때마다 죽이면 되지."

"하긴 그렇지."

파앙.

시위를 놓자 화살이 날아간다. 그들에게 꽂힌 파괴적인 힘. 죽이진 못했지만 돌진을 저지할 수준은 되었다.

그 틈에 포르마 대륙 용병들의 공격과 소환수의 공격이 이어지면서 다시 십여 명을 처리할 수 있었다.

하지만 이제 겨우 시작일 뿐이었다. 입구 뒤에 남은 적의 숫자가 수백이었으니까.

한편.

유라는 구석진 곳에서 카메라 앞에 위치한 상태였다.

"어떻게 보이시나요?"

"어우, 입구로 들이미는 모습이 정말 무서운데요?"

"좀 오싹하긴 하네요."

"지금까지 여기저기 돌아다녀 봤지만 저렇게까지 저돌적으로 밀어붙이는 모습을 보는 건 이번이 처음이니까요."

MC가 서로 대화를 주고받는다. 상황을 해석하면서.

"어떻게 될까요?"

"입구가 높은 편이고 또 생각보다 좁아서 많이 못 들어오고 있으니까. 카이온 유저 입장에서는 아마 꽤 큰 희생을 치러야 할 것 같네요."

"그럼 저희, 그러니까 포르마이 유리한 거겠네요."

그 말에 유라가 고개를 끄덕였다.

"그렇죠. 하지만……."

"하지만?"

"수에서 워낙 차이가 나서. 결과는 봐야 알 것 같아요."

"유라 씨의 예상대로 대부분 들어맞았었는데 말이죠. 이번에는 어렵나 보네요."

"네, 정말 어려워요."

"부디 잘 막아낼 수 있기를 바랍니다."

카메라맨이 다시 전투 장면을 집중적으로 담았다. 물론 두 대의 카메라는 여전히 MC 두 사람을 찍고 있었다.

"으음."

그때 유라의 입에서 신음이 터졌다. 조금씩 밀리기 시작한 탓이었다.

"입구가 곧 뚫리겠는데요?"

"네. 지금까지 적어도 100명, 아니, 족히 150명 이상은 죽였으니 뚫릴 때가 되긴 했어요."

"더 막아주면 좋겠네요."

아슬아슬한 상태가 이어진다.

"어어……!"

약 20명을 더 죽였을 때. 결국 버티지 못하고 입구가 완벽하게 뚫려 버렸다. 카이온 대륙의 유저가 우르르 밀려들어 소도시 내부를 메우기 시작했다. 한번 뚫린 이상 막을 순 없었다. 그렇기에 포르마 대륙 유저 모두 각자의 자리에서 전투를 준비했다.

"으음, 그래도 유리한 건 저희죠?"

"맞아요. 카이온 대륙 유저는 좁은 길을 뚫고 들어와서 내부에 갇힌 형국이 되었거든요."

"아, 그러네요!"

"네, 포르마 대륙 유저가 포위망을 형성한 모양새죠."

"오오……!"

그때 포르마 대륙 유저들이 거대한 규모의 공격을 시도했다. 아끼고 아끼던 비장의 스킬들을 꺼낸 것이다.

하늘을 빼곡하게 채운 거대한 에너지가 지상에 꽂혔다. 밀집된 카이온 대륙 유저가 큰 피해를 입었고, 그 틈을 타서 그들에게로 달려들었다.

"아, 부딪히네요! 어떻게 보세요, 유라 씨는?"

"이 정도면 막을 것 같은데요?"

"좋네요. 그러면 안심하고 구경해 볼까요?"

유라의 예상대로 흘러갔다. 포르마 대륙의 우위였다. 그중에서도 무혁과 그가 소환한 스켈레톤이 가장 눈에 띄었다.

성민우와 정령의 연계 공격도 눈길을 끌었다.

"어, 저건 다람쥐네요?"

"귀여워……!"

예린의 다람쥐도 시선을 모았다.

생각보다 여유가 있었다. 아무래도 중앙에 밀집된 카이온 유저보다는 사방에서 포위하고 있는 포르마 대륙이 유리한 게 사실이었기 때문이다. 덕분에 전투는 우위를 점했고 부족했던 숫자로 지금은 비등하게 맞춰졌다.

"확실히 이기겠네요."

"네."

그러나 생각하지 못했던 상황이 그 순간 튀어나왔다.

카이온 대륙의 2조장, 타란토르.

"진짜, 좀 꺼지라고!"

중앙에 뭉쳐 있어서 이리저리 치이는 게 짜증이 났다. 거기에 시야까지 확보되지 않으니 더욱 답답했다. 참아내려고, 조금만 버티면 나아갈 수 있다고 그렇게 견뎌보려고 했지만 애초에 성격상 맞지 않았다.

"더럽게 거치적거리네, 시발!"

힘으로 밀어붙이는 것도 쉽지 않았다.

애초에 마법사. 힘 스탯 자체가 낮은 편이었으니까.

"다 뒈져!"

그렇기에 지금 날려 보낸 강력한 마법은 당연히 궤도를 벗어날 수밖에 없었다. 적군이고 아군이고 상관없이 그냥 아무나 맞으라는 생각으로 사용한 것이었으니까.

"하, 젠장."

빌어먹게도 그 마법은 유저에게 날아가지 않았다. 정말 의미 없는 건물로 향하고 있었던 것이다. 한탄이 터지는 그 순간, 누군가가 갑자기 타란토르가 날린 마법으로 몸을 던졌다.

콰아앙!

이어지는 폭발에 타란토르의 눈이 커진다.

"뭐야, 저 미친 새끼는……?"

먼지가 내려앉고 나타난 상대를 확인하니 더 기가 막혔다.

무혁?

랭킹 2위 유저가 왜 저런 짓을 한단 말인가.

안에 중요한 거라도 있나?

그렇다면 그건 곧 약점이 되는 것이리라.

"크, 크크."

아주 좋은 걸 발견했다.

"2조원, 집합!"

"조장! 여기서 어떻게 집합하냐, 시발!"

"생각 좀 합시다, 조장!"

"아니, 시발. 그러면 저기 건물 보이지? 초록색 지붕에 검은 줄무늬 건물!"

"어디?"

"저기, 무혁 있는 곳!"

"아아, 보이네."

"저 건물에 집중공격 좀 해봐!"

"건물에다가?"

"왜? 미친 거 아냐, 조장?"

"조장, 정신 좀 차리자고."

조원들의 대꾸에 타란토르가 고함을 꾸웩 하고 내질렀다.

"이런 개××들아! 말 좀 들어!"

"하, 귀찮네, 정말. 알았어, 알았다고."

"내가 한 번 도와준다."

"어휴, 이 빌어먹을 새끼들."

열 명의 조원 중에서 원거리 공격이 가능한 이들이 스킬을 사용했다. 정확하게 건물로 향해 날아갔는데 이번에도 무혁은 모든 공격을 방패로 막아냈다.

"오? 뭐야, 쟤 왜 저래?"

"알겠네. 조장, 은근히 이런 면에서 운이 좋다니까?"

"운은 무슨. 다 실력이야!"

"크큭."

"아무튼, 저 건물 집중공격 하자고! 공헌도 높은 놈들 죽이면 더 많은 공헌도 먹는 거 알지? 무혁 정도면 상위권일 텐데……."

"크, 무조건 잡아야겠네."

"우리가 공헌도 최대만 먹자고."

하지만 주변에 다른 조도 꽤 있었다. 그들 역시 이야기를 들은 모양.

"우리가 먼저 친다!"

"아니, 이 쓰레기 같은……!"

"건물 집중공격 해!"

무수한 공격이 건물로 쏟아지기 시작했다.

유라의 몸이 움찔거렸다.

"저건……!"

"왜 그래요?"

"어, 그러니까……."

남성 MC가 고개를 갸웃거렸다.

"저 건물에 뭔가 있나요?"

"네, NPC들이 있어요⋯⋯."

"⋯⋯!"

남성 MC의 표정도 순간 굳어버렸다.

"그, 그래서 무혁 님이 저렇게⋯⋯."

"네."

"어, 어쩌죠?"

"으음⋯⋯."

딱히 방송팀이 할 수 있는 일은 없었다. 다른 악독한 촬영팀이었다면 이런 고민도 하지 않았을 것이다. 오히려 좋은 그림이 나온다고 즐거워했으리라. 그러나 일루전의 세계는 그 정도로 독하지는 않았다.

"카이온 대륙 유저에게 말해볼까요?"

"네? 어떤 걸요?"

"저 건물에 NPC가 있다고요. 그리고 촬영 중이라 만약 저 건물을 무너뜨리면 당신들이 NPC를 죽이는 모습 전부가 생생하게 방송될 거라는 것도요."

"으음."

확실히 효과는 있어 보였다. 하지만 위험성도 존재했다.

"오히려 더 날뛰면요⋯⋯?"

"그럴 가능성도 있기는 하죠⋯⋯."

NPC의 죽음에 조금도 개의치 않는 유저 역시 존재하는 게 사실이었다. 그들은 거리낌 없이 NPC를 죽일 것이고, 진짜 사람이 아니니 뭐가 문제냐는 태도로 일관하리라. 그러한 위험성을 무시한 채 알리는 것도 쉽지는 않은 일이었다.

"결국, 지켜볼 수밖에 없군요."

"정말……. 한심하네요, 제가."

동시에 간절한 시선으로 무혁을 쳐다봤다.

건물에 NPC가 있음을 아는 이상 피할 순 없었다.

콰아아앙!

방패로 막아도 HP가 빠르게 줄어들었다.

[329의 대미지를 입습니다.]

[291의 대미지를 입습니다.]

…….

이대로는 오래 버티지 못한다.

별수 없지.

스킬 '소환수 흡수'를 사용했다.

[소환수의 능력 일부를 흡수합니다.]

[흡수할 소환수를 선택해 주십시오.]

한 번 사용하면 다시 사용하기까지 3시간이 걸린다. 그렇기에 모든 소환수를 택할 수밖에 없었다. 각양각색의 기운이 무혁에게 흡수되었다.

[10분간 모든 능력치가 대폭 상승합니다.]

HP가 엄청난 수치로 늘어났다. 자연스럽게 회복률도.
콰아아앙!
날아든 공격을 방어한 무혁의 표정에 여유가 서린다.

[195의 대미지를 입습니다.]
[167의 대미지를 입습니다.]
……

하지만 아직도 상황은 어려웠다.
공격할 틈이 없어.
다행히 성민우와 예린, 김지연이 다가와 보조를 해주고 있지만 상황은 좋지 않았다. 유저의 수도 부족했고 소환수의 능력치도 상당 부분 하락했다. 지휘는 가능했지만 가장 큰 전력이라고 할 수 있는 무혁의 발이 묶여 버렸다.
이대로라면 전투는 패배의 흐름으로 나아가리라.
아니, 그걸 떠나서. 실수로 저들의 공격을 하나라도 놓치게 되면 건물이 무너질 것이다.

NPC의 죽음. 그것만큼은 막고 싶었다.

으음.

방법은 딱 하나였다.

"예린아."

"응?"

"안에 들어가서 NPC들 나오게 해줄래? 아무래도 뒷문으로 도망치게 해야 할 것 같은데."

"알았어, 잠깐만!"

곧바로 성민우를 쳐다봤다.

"넌 뒷문에 카이온 유저들 있는지 확인 좀 해주고."

"오케이. 있으면 처리할게."

"그래."

성민우가 빠지자 막아내는 게 더 힘들어졌다.

쾅, 콰아앙!

날아드는 마법과 화살들. 사방에서 쏟아지는 그것들을 눈에 담고 소환수를 지휘하여 뼈 화살을 날렸다.

일부 스킬이 뼈 화살에 맞고 폭발했다. 하단으로 떨어지는 것들은 소환수에게 맡기고 중단이나 상단에 남은 스킬을 막기 위해 점프했다. 방패와 몸의 균형을 아래로 살짝 튼 후 공격을 방어했다.

콰아앙!

우측 아래로 떨어지는 무혁.

쿠웅!

날아온 마법이 무혁을 이번에는 위로 솟구치게 만들었다.

왼쪽 상단으로 균형을 다시 옮기면서 방패를 틀었다. 가끔은 건물 뒤로 날아가 벽을 차고 뛰어오르기도 했다. 윈드 스텝과 백호보법, 경공술을 최대한 활용했다. 무서운 속도로 하늘에서 떨어지는 공격들을 막아냈다.

이런……!

하지만 이것도 한계가 있었다. 폭발과 함께 몸이 밀려났지만 지금 막아내려는 마법과의 거리가 조금 부족했다. 급히 검을 뻗어 마법을 건드렸다.

[2,011의 대미지를 입습니다.]

상당한 HP가 줄어들었다. 균형도 놓쳐 버렸다.

젠장!

결국 아래로 추락한 무혁이 급히 뛰어올랐지만 이미 마법이 건물을 가격한 뒤였다.

"아……."

상실감이 피어오르려는 순간.

벌컥!

문이 열렸다.

만약을 대비해 배치시켜 놓은 아머나이트1이 빛을 발했다.

충격 흡수!

드레이크의 장검에서 뿜어진 빛이 막을 만들어냈다. 떨어지는 건물의 잔해를 막아내고 무혁이 다시금 움직이는 시간을 벌어주기엔 충분하고도 넘쳤다.

"빨리!"

NPC들이 놀라며 다급히 건물에서 빠져나왔다.

타란토르의 동공이 흔들렸다.

"아니, 이런 시바아아알!"

다급히 인벤토리에서 구슬을 하나 꺼냈다.

-공격 중지! 멈춰!

그러나 싸움이 취한 유저들은 쉽사리 말을 듣지 않았다. 다만 그의 조원만큼은 고개를 갸웃거리며 공격을 중단했다.

-멈추라고, 이 새끼들아!

욕을 섞고서야 모두들 잠시 고개를 돌렸다.

"뭐야, 왜 그래?"

"2조장, 뭔 일이야?"

타란토르가 미간을 찌푸렸다.

시발, 쪽팔리게.

이유를 설명하는 건 쉽지 않았다.

하, 내가 왜 그랬지?

NPC를 보는 순간 본능적으로 행동을 해버렸다. 이제 와서 후회를 하는 것도 그렇고, 되돌리는 건 더더욱 마음에 들지 않았다.

"아, 몰라! 일단 멈춰봐!"

"이유를 알아야지."

"어? 저기 NPC 아냐?"

"응?"

일부 유저의 시선이 그곳으로 옮겨진다.

"설마 NPC 때문에?"

"아니, 그게……."

"오, 조장. 웬일이야?"

"음?"

"뭐, NPC 죽이는 건 나도 썩 맘에 안 들어서."

"그, 그래?"

"자자, 저기 건물이랑 그 주변에만 공격하지 말자고. 다른 곳은 상관없으니까."

"크흠, 고, 고맙다."

"고맙긴."

타란토르가 머쓱한지 웃었다.

고개를 돌려 다시 NPC를 보고 있는데 어느새 뒷문을 나서고 있었다. 순간 그곳을 지키기로 했던 자들이 떠올랐다.

"어, 자, 잠깐만."

"왜?"

"길! 길 좀 터봐! 어서!"

"야, 길 좀 터!"

"아, 우리도 좁다고!"

"그냥 터, 새끼야!"

좁은 틈을 비집고 나선 타란토르. 급히 들어온 입구로 소도시를 빠져나가 성벽을 따라 뛰었다. 저 멀리 전투 중인 이들이 보였다.

지척에 도달한 타란토르는 안도의 한숨을 쉬는 한편, 홀로 카이온 대륙 유저를 맡고 있는 사내를 보며 미간을 찌푸렸다.

"시발, 진짜 거지 같네."

"뭐야, 타란토르?"

"네가 여기는 왜 온 거냐?"

"하, 그게……."

고개를 돌려 사내를 쳐다봤다.

"일단 공격 멈춰봐."

"왜?"

"아, 그냥 말 좀 들어라."

"쩝. 네가 책임져라."

"알았다고."

갑자기 공격을 멈추자 사내가 경계하며 뒤로 물러났다.

"거기, 이름 뭐야?"

"이름?"

"캐릭터 네임 말이야!"

"강철주먹인데?"

"아아, 많이 봤다고 싶었더니 무혁이랑 같이 다니는 그 녀석이구만."

"……."

타란토르가 인상을 팍하고 썼다.

"어이, 이 새끼야."

"뭐야, 갑자기 욕질이야?"

"우리가 그렇게 개 쓰레기처럼 보이냐?"

"뭐……?"

"아니, 시발. 우리가 그렇게 쓰레기 같냐고!"

"뭔 소리야!"

"너 혼자 왜 여기서 지랄인데? NPC 도망치게 하려고 그러는 거 아냐?"

성민우의 눈썹이 꿈틀거린다.

어떻게……?

들켜 버린 마음을 드러내선 안 되었다.

"하, 진짜 거지 같네. 이 새끼야. 우리도 그렇게 쓰레긴 아니야. 우리도 NPC 죽이는 건 기분이 더럽다고! 어서 데리고 꺼져!"

한참을 고민하는 성민우. 그 순간 뒷문이 열렸다.

그곳에서 예린이 나왔고 그 뒤를 NPC들이 따랐다. 마지막으로 김지연과 무혁까지 나오고서야 문이 다시금 닫혔다.

기묘한 대치를 이루는 가운데 무혁이 앞으로 나섰다.

"뒤에서 들었어요. 공격을 안 한다구요?"

"그래, 그러니까 어서 가라고."

"고맙습니다."

무혁이 인사를 하며 NPC들을 이끌었다. 물론 만일의 경우를 대비하여 무혁과 일행들 모두 경계를 유지했다.

그러나 걱정이 괜한 기우였던 듯, 뒷문을 지키던 카이온 유저들이 천천히 뒤로 물러섰다. 무혁과 NPC들이 충분히 멀어질 때까지 그들은 움직이지 않았다.

"하, 시발."

그제야 타란토르가 욕을 뱉으며 돌아갔다.

"어이, 타란토르."

"뭐!"

"오랜만에 저녁에 맥주 한잔?"

"크흠, 좋지."

"크큭. 그전에 전투는 이겨야지."

"당연한 거고, 그건."

"그럼 자리로 돌아가자고."

고개를 끄덕인 타란토르가 본래의 위치로 돌아갔다.

NPC들을 대피시킨 무혁과 일행이 다시 소도시로 돌아왔다. 뒷문을 지키는 이들이 전투태세를 갖췄다. 비록 방금 전에는 NPC로 인해서 양보를 받았지만 저들은 적이었다.

보다 더 좋은 아이템을 얻기 위해서, 공헌도를 올리기 위해

서로를 죽여야만 하는.

"우린 유저잖아? 그러니까 눈치 보지 말고 덤비라고."

카이온 대륙 유저의 말이 시발점이었다.

"공헌도나 올리자!"

카이온 대륙 유저가 스킬을 사용했다.

마법과 화살들. 강한 에너지가 담긴 채 날아들었다.

"우리도 가자고."

"그래야지."

성민우와 정령이 스킬들을 회피하면서 거리를 좁혔다.

백호보법. 무혁 역시 마찬가지였다.

아직 소환수 흡수 스킬의 효과가 3분가량 남은 상태였기에 적들의 공격은 꽤 느리게 보였다. 그 탓에 여유롭게 피해내면서 순식간에 카이온 대륙의 유저에게 접근할 수 있었다.

풍폭, 십자베기.

공격을 당한 상대방의 안색이 파리해졌다.

"뭐, 뭐야!"

HP가 엄청나게 빠진 탓이었다.

급히 뒤로 물러나려는 그를 쫓으며 다시 공격을 가했다.

치유 마법을 받으면서 다시 HP가 회복되었겠지만 개의치 않았다. 압도적인 스펙을 지닌 현재의 상황에서는 몇 번만 제대로 가격을 해버리면 죽일 수 있기 때문이었다.

[8,236의 대미지를 입힙니다.]

[속성 타격(1,051)이 발동합니다.]
[14,824의 추가 대미지를 입힙니다.]
[속성 타격(1,905)이 발동합니다.]

바로 지금처럼 말이다.

[힘(0.0218)이 상승합니다.]

한 명을 처리하는 사이, 짓쳐드는 네 명의 적대 유저.
풍폭, 파워대시.
몸이 재빨리 움직이며 우측의 유저에게로 쏘아져 나갔다.
어깨에서 느껴지는 둔탁함. 곧바로 단검을 갑옷의 틈으로
찔러넣었다.

[크리티컬이 터집니다.]
[민첩(0.0218)이 상승합니다.]

재빠르게 세 번을 더 그어버린 후.
풍폭, 파괴자의 돌진.
스킬을 사용해 움직일 수 없는 각도로 몸을 던져 보냈다.
"어어……!"
당황한 후미의 유저.
풍폭, 백호결. 동시에 여덟 군데를 가격해 버리는 스킬.

버틸 수 있을 리가 없었다.

[민첩(0.0218)이 상승합니다.]

뒤이어 백호검법 2초식, 백호파를 사용해 좌우에 존재하는 이들에게 연계 공격을 가했다. 빛이 되어 두드리는 터라 도망칠 길이 없었다.

[힘(0.0218)이 상승합니다.]
[지식(0.0218)이 상승합니다.]

순식간에 다섯 명을 녹여 버렸다.

"……!"

움찔할 수밖에 없는 상황. 남은 시간은 2분.

소환수 흡수 스킬의 효과가 끝나기 전에 최대한 많이 죽여야만 했다.

스팟.

무혁은 또다시 달려들었고.

쾅, 콰아앙!

수십의 유저를 혼비백산으로 만들었다.

뒷문으로 다시 입성한 무혁은 소환수를 본격적으로 지휘하면서 전장에 난입했다. 안타깝게도 소환수 흡수로 인해 스켈레톤의 능력치가 하락했고, 유지시간이 끝나면서 무혁 본인의 무력도 본래대로 돌아갔다. 그럼에도 불구하고 무혁은 일당십. 그 이상의 실력을 보였다.

부르탄, 기파.

움찔거리는 사이 날아든 화살이 투구를 가격했다.

콰앙!

곧이어 뛰어든 빅 스켈레톤이 양 주먹을 내리꽂았다.

설인, 아이스 스페이스.

일어서려는 유저를 다시 옭아맨 후.

아머나이트, 강한 일격. 기마궁수, 파워샷.

스켈레톤을 활용하여 유저를 농락했다.

"으아아아아아, 이 새끼야!"

그 대상자는 바로 타란토르. 치유 마법을 몇 번이고 받으면서 버티곤 있지만 그것도 한계에 달했다.

"너, 나랑 직접 붙자!"

외침이 흐릿하게 들려왔다.

뭐라는 거야.

물론 무혁은 무시한 채 다시 뼈 화살을 명령했다.

파바바방!

방패로 막아내는 타란토르. 어느새 그 주변에 포이즌 오우거가 도착한 상태였다.

하지만 뿜어낸 피어에 움찔거린다.

파앙!

그 상태에서 무혁은 혼란의 독을 바른 화살을 날렸다. 신체 지배력을 잃은 타란토르가 술에 취한 듯 혼자서 기우뚱거렸다.

"왜, 왜 이래!"

혼란의 물약과 장막의 물약은 아직 밝혀지지 않은 상황이었기에 여전히 요긴하게 써먹을 수 있었다. 둔화의 독, 환각의 독, 약화의 마비와 출혈의 눈물은 이미 저항할 수 있는 물약이 개발되었기에 효과가 미미했다. 대부분의 유저가 적어도 몇 개의 저항 물약을 지니고 있었기 때문이다.

메이지, 전원 1차 마법 공격.

그 사이에 마법을 날려 보냈다.

"마, 막아봐! 제발!"

그러나 타란토르를 구해줄 이는 존재하지 않았다.

콰과과과광!

결국 욕을 내뱉으며 죽어버렸다.

"두, 두고 보자……!"

삼류 악당이나 내뱉을 대사 하나를 남겨놓은 채로 말이다.

"흐음."

하지만 여전히 전황은 비등한 상태.

이리저리 최선을 다해 움직이는 무혁이었다.

성민우가 유저 한 명을 밀어붙였다.

"죽어라, 좀!"

이윽고 상대방이 사라졌고.

"후아! 이겼다!"

그를 마지막으로 전투가 끝났다. 소도시를 지켜낸 것이다.

이후 휴식을 취하고 다른 마을을 탈환하기 위해 움직였다.

대부분 승리로 막을 내렸지만 가끔은 패배의 위협으로 인해 후퇴를 하기도 했다. 그러는 와중에도 틈틈이 소환수의 무기와 방패를 강화했다.

그렇게 흘려보낸 시간이 5일.

"내일 방송되는 거 알죠? 기대들 하세요."

김민호 PD의 말에 무혁이 웃었다.

"자, 그럼 오늘도 잘 찍어주세요."

"물론이죠."

그 날도 무혁과 일행은 평소처럼 전투를 치렀다.

덕분에 공헌도 순위도 상승했다.

[전쟁 기여도]

1위. 아르카(61,120점)

2위. 무무(59,234점)

3위. 펜토미노(58,119점)

4위. 무혁(54,220점)

……

다만 3위와의 격차가 생각보다 컸다.

뭐, 아직은 괜찮으니까.

지금은 공헌도보다는 단검으로 올리는 스탯이 더 값졌다.

용병으로 참전하여 지금까지 올린 스탯만 해도 35개가 넘었으니 말이다. 무엇보다도 나날이 강해지는 느낌이 들었다.

소환수의 무구를 차례대로 8강으로 만들고 있기 때문이리라.

며칠 뒤에 문양까지 사면?

전력이 증가하는 것은 물론이고 위기의 순간 소환수 흡수 스킬을 사용할 때 그 효과가 더욱 커질 게 분명했다.

"자, 모두 출발하겠습니다!"

"가자, 싸우러."

그렇게 하루를 보냈고. 드디어 일루전의 세계가 방영하는 날이 되었다. 오랜만에 성민우와 둘이서 치킨집을 찾았다.

"여기서 보자고?"

"어, 좋지?"

"뭐, 나쁘진 않지. 치맥이야 언제나 진리니까."

안으로 들어가 TV 앞에 자리를 잡았다.

"이제 곧 시작하겠네."

"딱 맞게 잘 왔구만."

"그렇지."

"후아, 어떻게 나왔으려나."

"글쎄. 일단 주문부터 하고 기다리자고."

"오케이, 여기요!"

"네, 갑니다!"

성민우의 부름에 아주머니가 웃으며 다가왔다.

"주문하시겠어요?"

"네, 일단 양념 반 프라이드 반이랑······."

"네에."

"음, 맥주도 두 잔 주세요."

"몇 cc로 드릴까요."

"1,000cc요."

"알겠습니다. 양념 반, 프라이드 반. 맥주 1,000cc 두 잔. 맞으시죠?"

"네, 맞아요."

"조금만 기다려 주세요!"

주문을 하고 TV를 보니 정확하게 일루전의 세계가 시작되었다. 두 명의 MC가 스튜디오에 있는 모습이 처음으로 잡혔다.

-안녕하세요! MC를 맡고 있는 유라!

-창호입니다!

-지난 방송에서는 조금 슬픈 장면이 나갔었죠?

-네, 그 일로 인터넷이 떠들썩했던 거로 알고 있어요.

-이슈가 크긴 했었죠.

-오늘은 어떨까요?

-글쎄요. 직접 봐야 알 수 있겠는데요.

-음, 좋습니다. 그럼 바로 일루전으로 접속해 보도록 할까요.

일루전을 즐기고는 싶으나 현실적으로 그렇게 하지 못하는 이들도 존재했다. 19살의 고등학생 이한규도 거기에 속해 있었다. 부모님의 강압으로 인해서 인문계로 진학을 해버렸고 매일 저녁 10시까지 강제로 야자를 해야만 했다. 집에 오면 부모님이 직접 공부를 가르쳐 주고 이후에는 피로에 지쳐 잠에 취하는 일상이었다.

"하아."

그래서 이렇게 휴대폰을 만질 수 있는 것도 학교에서, 그것도 쉬는 시간이나 야자 시간 정도가 전부였다. 물론 야자 시간에는 들키지 않게 몰래 해야 했지만 말이다.

아무튼, 지금. 이한규는 저녁을 먹은 후 남은 시간을 교실 책상에 앉아 휴대폰을 하며 보내고 있었다.

일루전 정보 까페. 거기에 접속한 후 먼저 자유게시판에 가볍게 인사를 남겼다.

[제목 : 잠깐 여유시간이네요!]

내용 : 다들 맛저 하셨죠? 마무리 잘하길 바랍니다!]

그러자 댓글이 순식간에 달렸다.

└오, 한규 님이다!
└반가워요.
└요즘 영상 편집 안 하세요? 실력 참 좋던데…….
└맞아요. 한규 님 영상이 정말 재밌죠. 박진감도 넘치고.

이한규는 일일이 답댓을 달아줬다.

└저도 반가워요!
└요즘 마음에 드는 영상이 잘 안 나와서요. 나오면 바로 편집한 후
에 공유할게요^^
└감사합니다!

어릴 적부터 영상과 편집에 관심을 갖고 있는 탓에 취미로
시작한 일임에도 실력이 상당히 좋았다. 좋아하는 일이기에
더욱 공을 들였고 그렇기에 많은 관심을 받는 것이리라.
이한규는 마음에 드는 영상을 찾기 위해 오늘도 동영상 게
시판에 접속했다.
좀 괜찮은 게 있어야 할 텐데…….
걱정 반, 기대 반의 심정으로 제목부터 한 번 훑었다.

[제목 : 작은 마을에서의 치열한 접전!]

[제목 : 랭커의 화살!]

[제목 : 일당백의 무투가.]

[제목 : 학살자.]

제목만 본다면 정말 흥미로웠다.

"흐음."

하지만 최근 제목에 낚인 것만 90%가 넘었다. 나머지 일부도 그냥 봐줄 만한 수준이었을 뿐 마음을 휘어잡지는 못했다.

별수 없지, 뭐.

결국 하나씩 확인할 수밖에 없는 문제였다.

가장 먼저 작은 마을에서의 치열한 접전이라는 제목의 동영상을 시청했다. 제목에서 이미 눈치를 챘었지만 카이온 대륙 용병과 포르마 대륙 용병의 싸움이었다. 아니, 사실 올라온 대부분의 영상이 대륙 간 싸움일 터였다. 거기서 뭔가 마음을 잡아끄는 영상을 발견하기를 기대할 수밖에 없었다.

"쩝."

하지만 이번 영상은 시작부터 끝까지 마음에 들지 않았다.

완전 엉망이구만. 이런 걸 도대체 왜 올린 건지.

고개를 저으며 다음 영상을 확인했다.

랭커의 화살이라. 보나 마나 궁수 유저의 모습이리라.

예상대로였고 수준 역시 뻔했다.

다시, 다시.

대략 열 개의 영상을 확인했을 즈음 싸한 느낌이 올라왔다.

하, 오늘도 없을 것 같은 느낌적인 느낌이구만.

그런 생각을 하며 이번 순서가 된 영상의 제목을 먼저 확인했다.

[제목 : 최상위 랭커인 조폭 네크로맨서의 위엄!]

순간 손이 멈칫거렸다.

조폭 네크로맨서라.

수십이 넘는 스켈레톤을 소환하여 사냥한다?

듣기로는 좋지만 막상 영상을 보면 지루하기 짝이 없었다. 스켈레톤의 경우 지극히 단순한 명령만 듣기에 지휘의 맛은 물론이고 전략의 맛도 느낄 수 없었다.

스킬 난사?

그것 하나는 인정을 하고 있었다. 하지만 그래 봐야 정확하게 겨냥이 되는 것도 아니었다. 대충 날려 보내는 스킬인 터라 뭉쳐 있는 경우가 아니라면 크게 위협이 되지 못했다.

뭐, 전쟁에선 괜찮겠지만 개인으로만 본다면 오합지졸이 될 수밖에 없는 구조인 것이다.

이걸 봐야 하나.

또한 조폭 네크로맨서라는 캐릭터 자체도 애매했다. 주력으로 힘, 민첩, 체력을 올리긴 하지만 스킬이 없으니 근접전에서 발리는 게 일상이었다. 정말 잘 키운다면 어느 모로 봐도 적당히 실력을 보일 수 있을 것이고. 애매하게 키운다면 어디에서도 힘을 쓸 수 없는 혼종이 되는 것이다.

그건 랭커도 다를 게 없었다. 지금까지 시청했던 모든 조폭 네크로맨서가 대부분 비슷했으니까.

1위도 똑같겠지.

그와 흡사한 직업이 몇 가지가 더 있었고 그런 영상은 애초에 배재해 버렸었다. 일종의 블랙리스트인 것이다. 거기에 속한 직업은 무조건 넘기는 이한규였지만 오늘은 뭘 봐도 망할 것 같은 느낌이라 조금 머뭇거리는 중이었다.

"후, 그래. 뭐 어차피 다른 거 볼 것도 없고."

결국 마지막으로 한 번만 더 속아보자는 생각으로 영상을 재생했다.

어떤 혼종인지 보자고.

오히려 기대가 없으니 도리어 집중이 되었다.

시작은 단순했다. 투구를 착용한 사내가 소도시를 바라보는 장면이었다.

역시, 이번에도 대륙 전쟁이구만.

기대치가 한없이 낮아진다.

그 순간 사내가 한 걸음을 내디뎠다.

후우웅.

동시에 전방에서 새하얀 흙먼지가 피어올랐다. 이윽고 먼지라 여겼던 것들이 형상을 이루더니 어마어마한 숫자의 스켈레톤으로 변모했다. 족히 200마리는 될 법했는데 놀라운 것은 스켈레톤의 생김새였다.

비슷한 이들도 많았지만 아닌 이들도 많았다. 특색이 존재했는데 그럼에도 불구하고 하나같이 단단해 보였다.

"어……?"

그 위용에 이한규가 얼굴을 흔들었다.

미친……! 저게 뭐야?

겨우 소환하는 장면만으로 이런 충격을 선사하다니.

아니, 그, 그래 봐야…….

피어오르려는 기대감을 애써 낮춘다. 결국 조폭 네크로일 뿐이었으니까. 중구난방에 지휘도 안 될 테고.

숫자가 많으니 더더욱 그러할 것이 분명했다.

어디 보자고.

선두에 위치한 기마병 전원이 달려가기 시작했다. 이제 뒤엉키고 비틀거리는 모습이 이어져야 정상이었다. 이한규 역시 그런 모습을 상상하고 있었고. 그런데 뒤를 따르는 나머지 스켈레톤은 너무나 질서 정연했다.

이, 이게 무슨!

그게 겨우 시작이었다.

"허업……!"

절로 감탄사가 터질 정도였다.

"한규야, 뭔 일 있냐?"

"어, 어어?"

"아까부터 움찔거리기에."

"아, 아니. 아무것도 아니야."

"그래? 괜찮은 거야?"

"어, 괜찮아."

이한규는 친구에게 눈길 한 번 주지 않았다. 도저히 영상에서 시선을 뗄 수가 없었기 때문이었다.

"왜 이래, 이놈?"

그에 친구가 옆으로 다가왔다.

"아, 무혁?"

"어……?"

"랭킹 2위 유저잖아. 무혁. 조폭 네크로맨서."

"그, 그래?"

"어, 설마 몰랐냐?"

"으응. 조폭 네크로맨서 직업에는 관심이 딱히 없어서……."

"크, 바보구만. 무혁은 급이 다르다고."

"……."

저 말에 반박할 수 없었다. 정말로 달랐으니까.

지금 보는 무혁이란 유저와 그가 불러낸 소환수의 행동 하나하나가 참으로 오랜만에, 이한규. 그의 심장을 두근거리게 만들었다.

이건, 최고야.

오랜만에 손이 근질거렸다.

내가 이 영상을 만지면……!

어떻게 편집을 해야 할지 머릿속으로 상상이 되었다.

두근.

가슴이 뛰었다.

그, 그전에……!

영상의 주인공인 무혁에 대해서 더 자세하게 알아볼 필요가 있었다. 인터넷에 접속해서 그와 연관된 영상을 하나도 빠뜨리지 않고 전부 감상할 계획이었다. 그런데 검색어 순위에 이미 무혁이란 먹잇감이 이미 대중에게 포착된 상태였다.

1위. 무혁 특집.

2위. 조폭 네크로맨서.

3위. 일루전의 세계

4위. NPC 논란

5위…….

급히 무혁 특집을 검색했다. 그러자 연관 기사가 떠올랐다.

일루전의 세계에 나온다고?

이한규는 급히 일루전의 세계에 접속해서 실시간 방송을 결제했다. 다행히 방금 시작한 터라 아직 스튜디오에서 두 명의 MC가 대화를 주고받는 상태였다.

급히 녹화 어플을 켜서 영상을 녹화했다.

-글쎄요. 직접 봐야 알 수 있겠는데요.

-음, 좋습니다. 그럼 바로 접속해 보도록 할까요?

나왔다……!

무혁은 소도시의 내부에서 휴식을 취하는 중이었다.

오오!

그냥 보기만 해도 가슴이 두근거렸다.

어떤 모습을 보여줄 것인가.

기대하는 것만으로도 절로 웃음이 터질 지경이었다.

으으, 미치겠네.

-후, 이제 강화도 좀 해볼까?

-또?

-그럼. 아직 한참 남았다고.

돌연 망치와 장검을 꺼내기 시작하는 그.

카앙!

그러곤 망치로 장검을 두드렸다.

[제작은 물론 강화에도 일가견이 있는!]

자막을 읽고서야 이해가 갔다.

제작에 강화까지. 확실히 순식간에 강화 작업을 마치는 모습이 보였다.

-7강 성공.

가볍게 내뱉은 말에 몸이 굳었다.
아니, 정신이 굳은 건가.

-후, 운이 좋았네. 바로 8강이라니.

그러곤 그 장검을 스켈레톤에게 넘겼다.
"아……."
그제야 무혁과 스켈레톤이 저렇게나 강한 이유를 깨달을
수 있었다.
"하하……."
절로 실소가 터졌다.
200마리의 스켈레톤이 8강의 무기를 사용한다?
도대체 대미지가 얼마일까. 아니, 그걸 떠나서.
"미쳤구나, 미쳤어."
저렇게 되기까지 어느 정도의 노가다를 거쳤을지 감히 상상
이 되지 않았다.
직후 다시 이야기를 나누며 잠깐 휴식을 취하는 무혁과 그
일행들. 그 순간 화면이 갑자기 건물을 찍기 시작했다.
의아함을 느끼는 찰나가 흐르고, 끼이익 하는 소리와 함께
문이 열렸다.

[숨어 있던 NPC의 등장.]

그 모습을 무혁과 일행들이 확인한 모양이었다.

-도망치라고 전해주자고.
-오케이.

그때 등장한 기사가 심상치 않은 목소리를 내뱉는다.

-모두 전투준비!

카이온 대륙의 유저가 달려오고 있다는 소식이었다. 그에
무혁과 일행들의 표정이 굳어버렸다.

[결국 NPC를 구출하지 못한 채 전투에 나서는데…….]

자막은 긴장감을 불러일으켰다.
후, 미치겠군.
이한규, 그도 알고 있었다. 최근 이슈가 되고 있는 NPC의
논쟁에 대해서.
화면은 바쁘게 넘어갔고.
콰아아앙!
이윽고 전투가 시작되었다. 긴박감이 넘쳤다.

무엇보다도 NPC를 지키려는 무혁과 일행들의 치열함이 눈에 들어왔다. 게다가 카이온 대륙에서 NPC를 발견하고는 공격을 멈추는 것도 신선했다.

-아니, 시발. 우리가 그렇게 쓰레기 같냐고!

그래서 더욱 흥미로웠다. 다음에 이어지는 전투 역시 예사롭지 않았다.

대단해……!

치열하게 싸우고 되찾고. 때로는 물러서고.

그럼에도 불구하고 한 걸음씩 멈추지 않고 앞으로 나아갔다. 무수한 전투 끝에 탈환한 지역만 열 곳이 넘어섰을 무렵. 처음으로 무혁이 포함된 그룹이 전투에서 제대로 패배를 해버렸다.

무혁과 그 일행을 제외한 나머지 용병 대부분이 죽어버린 것이다. 그리고 거기서 일루전의 세계가 끝나 버렸다.

-그럼, 다음에 뵙겠습니다!

이한규는 기묘한 신음을 흘렸다.

더 보고 싶은 마음. 뒷내용에 대한 궁금증.

그 이후 찾아오는 분노.

멍청하긴, 정말! 지금까지 이런 엄청난 소재를 놓치고 있었다니.

절로 흥분이 치밀어 올랐다.

"후우."

마음을 조금 가라앉힌 이한규가 인터넷을 뒤지기 시작했다. 무혁에 관한 모든 영상을 섭렵하기 위해서 말이다.

제3장
거친 반항

치킨과 맥주를 마시며 일루전의 세계를 시청하기를 1시간.

"끝났네."

"어, 생각보다 재밌게 잘 나왔는데?"

"그러게. 근데 마지막에 패배하는 거 보니까 좀 그렇다."

"어쩌겠냐. 사실인데."

"쩝. 대부분 죽어버려서. 모레 오전까지는 여유롭겠네."

"그래서 지금 치맥하고 있잖아."

"크큭, 그렇지."

두 사람이 잔을 부딪쳤다.

"크으, 좋네."

"으아, 여유롭다!"

"다음 주도 기대되네."

"기대는 무슨."

"기대해야지. 그땐 우리가 이기는 모습이 나갈 테니까."

"아아, 그렇구만! 그때도 한잔, 콜?"

"좋지."

"다음 주에는 예린이랑 지연이도 부르자."

"더 좋지."

두 사람이 씨익 웃었다.

"참, 근데 탈환은 언제까지 하려나?"

성민우의 물음에 가볍게 대꾸해 줬다.

"글쎄. 꽤 많이 진척된 것 같던데."

"그럼 탈환 끝나면 쉬는가?"

"아니지."

"아, 설마 카이온으로 넘어가는 거?"

"그럴 가능성이 높지."

"허어, 진짜 전쟁이겠네."

"지금도 전쟁인데?"

"에이, 지금은 솔직히 좀 규모가 작잖아."

"더 커지면 난잡해."

"그래도 더 스릴은 있겠지."

그에 무혁이 고개를 끄덕인다. 하지만 그만큼 살아남을 가능성은 낮아지리라.

"뭐, 맞춰 움직이면 되겠지."

다시 맥주잔을 부딪친 후 들이켰다.

"크으."

잔을 내려놓고 이런저런 대화를 나누면서 휴대폰을 만지작 거렸다. 예린에게 온 톡에 답장도 보냈고 일루전 홈페이지에 접속해서 기웃거리기도 했다. 인터넷이 이미 무혁과 일루전의 세계로 화제가 되었지만 막상 본인은 덤덤했다. 그러다 일루전 쪽지함을 확인했는데 눈길을 *끄*는 게 하나 보였다.

[제목 : 무혁 님 영상을 편집하고 싶습니다!]

대부분은 거래를 원한다든가, 강화를 부탁하거나, 방송이 나 사이트에서 계약을 원한다든가, 그것도 아니라면 쓸데없는 스팸을 보내는 게 전부였다.

그런데 영상 편집이라?

흥미가 일어날 수밖에 없었다.

뭔지나 볼까.

[내용 : 안녕하세요! 이한규라고 합니다! 저, 저는 최근에 무혁 님의 영상을 보고 정말 큰 충격을 받았습니다! 실력도 실력이지만 소환수의 움직임도 놀라웠습니다! 그런데 편집이 영 좋지 않아서 계속 아쉽다는 생각이 들었습니다! 해서, 제가 직접 편집을 해서 각종 사이트에 업로드를 하고 싶어서 연락을 드렸습니다! 영상을 편집해서 올리게 되면 수입이 발생하게 되는데요. 그래서 허락을 구하고자 쪽지를 보냅니다. 제발 답장 주세요!ㅠㅠ 꼭이요. 기다리고 있겠습니다!]

읽는 내내 웃음이 나왔다.

재밌는 친구네.

그에 성민우가 고개를 갸웃거리며 얼굴을 들이밀었다.

"뭐냐, 뭔데 보고 그렇게 웃어?"

"어, 쪽지가 와서."

"무슨 쪽지?"

"영상을 편집해서 사이트에 올리고 싶다는데?"

"엥? 누가? 방송 쪽에서?"

"아니, 그냥 일반인인 듯."

"으흠, 그랬구만."

성민우가 상체를 뒤로 뺐다.

"뭐야, 일반인이라고 하니까 무관심하네?"

"어? 아니, 뭐. 그렇지. 아무래도 방송 쪽도 아닌데 편집을 해 봐야 얼마나 잘하겠어? 대충 보니까 소재 좋은 거 잡아서 돈 좀 벌려는 것 같은데."

"그런가? 난 이런 쪽지는 처음이라."

"그래? 그럼 뭐, 한 번 정도는 경험해도 나쁘지 않겠네."

"넌 마치 한 것처럼 말하네?"

성민우가 피식하고 웃었다.

"당연한 거 아니냐? 나도 영상 편집하고 싶다는 사람 있었거든?"

"호오, 그래?"

"어, 근데 맡겨봤는데 별로였어. 호응도 거의 없었고 돈도 안 되고."

"흐음."

부정적인 의견이었지만 무혁은 관심이 갔다.

"그때 몇 프로나 받기로 했었냐?"

"업계 표준이 15프로라던데?"

"15프로?"

"어."

"아무것도 안 하는데도 15프로면 나쁘지 않네."

"그런 편이지."

"좋아, 일단 실력부터 한번 보자고."

무혁은 곧바로 답장을 보냈다.

[제목 : 무혁입니다.]

[내용 : 맡겨보고는 싶은데 혹시 지금까지 편집했던 영상들 중에서 몇 개만 볼 수 있을까요?]

보내기를 누르고 해당 아이디를 클릭하여 구독을 눌렀다. 해당 아이디로 게시물이 올라오거나 쪽지가 오게 되면 진동이 울리도록.

"자, 맥주나 마시자."

"오케이!"

성민우와 다시 맥주를 마셨다.

"크으."

잔을 내려놓기가 무섭게 휴대폰이 진동했다.

"거참, 빠르기도 하네."

"뭔지 알고?"

"뻔하지. 그 쪽지 보낸 사람이겠지."

성민우의 투덜거림을 뒤로한 채 휴대폰을 확인했다.

답장이었다.

"진짜네."

"거봐라. 얼마나 돈독이 올랐으면."

"흐음."

하지만 쪽지 내용을 보면 돈독이 오른 것 같지는 않았다.

[내용 : 네, 바로 보냅니다! 확인해 주시고 답장 주세요! 기다리고 있
을게요! 제가 영상 편집하는 거 너무 좋아하는데, 요즘에는 관심 가는
영상이 없었거든요! 지금 너무 심장도 두근거리고 기뻐요! 제발 허락해
주시길ㅠㅠ 아, 귀찮게는 안 할게요! 추가 촬영도 필요 없습니다!]

웃으며 영상을 확인했다.

총 3개. 첫 번째 영상부터 재생을 시켰다.

"나도 한번 보자."

"그러든가."

성민우와 함께 영상을 시청했다.

"으, 으음?"

"오호."

성민우는 중간중간 움찔거렸고 무혁은 연신 흥미로운 표정

을 지었다. 영상이 끝났을 때의 표정도 달랐다. 성민우는 크게 놀란 듯 눈을 크게 떴고 무혁은 고개를 끄덕이고 있었다. 그러나 감정은 비슷했다.

"훌륭한데?"

"오우, 완전 집중해서 잘 봤네. 뭐야, 일반인이라더니 실력이 어마어마하잖아?"

"그러게."

나머지 영상 2개도 확인했다.

역시 수준급이었다.

"뭐, 이 정도면 문제없겠는데."

"크으, 부럽구만. 내 영상 편집한 놈은 진짜 별로였는데."

"이 사람도 그럴지도 모르지."

"하긴, 나도 그 사람이 보내준 영상 하나 봤는데 그건 꽤 잘 나왔었거든. 막상 내 영상은 좀 이상했지만."

"그럼 이 사람도 비슷할 수도 있겠네. 지금 보낸 게 제일 잘 만든 영상일 테니까 당연히 멋질 수밖에. 막상 내 영상으로 편집하게 되면 어떻게 될지……."

"음, 넌 좀 어렵긴 하겠다."

"그치?"

"어, 워낙 잡아야 될 장면이 많으니까."

무혁 본인에 200마리가 넘는 소환수. 게다가 한정 부활까지 쓰게 되면?

생각만으로도 어떻게 편집해야 할지 머리가 아파 왔다.

"어우, 내 생각엔 애매하게 망할 확률이 90프로다."

"그럴 가능성이 높긴 하지."

사실 무혁은 스스로의 영상을 잘 보지 않는다. 일루전의 세계처럼 방송계에서 전문적인 촬영 이후에 편집을 거친 것만 시청하는 편이었다. 그게 아닌 일반적인 영상은 심심하기도 했고 또 재미가 없는 게 사실이었다.

영상을 편집하겠다는 사람은 일반인이었고, 추가적인 촬영도 없다면 당연히 기대감이 낮아질 수밖에 없었다.

그럼에도 불구하고 흥미로운 분야였다. 게다가 지금 보게 된 영상도 꽤 마음에 들었기에 속는 셈 치고 허락을 하기로 결심을 내렸다.

[내용 : 재밌게 봤습니다. 일단 전화 한번 부탁드립니다. 번호는……]

보내고 1분도 되지 않아 연락이 왔다.

"여보세요?"

-아, 안녕하세요! 이한규라고 합니다!

"아, 쪽지 보내신 분이죠?"

-네!

"번호는 알아둬야 하니까요. 그리고 수입이 발생한다고 했는데……."

-아, 네! 수익이 나오면 20퍼센트 드리겠습니다!

"20퍼센트요?"

성민우에게 들었던 것보다 5퍼센트가 높았다.

"뭐, 괜찮네요."

-감사합니다!

"추가 촬영도 필요 없다고 하셨고."

-네!

"알겠어요. 그럼 편하게 작업하세요."

-어, 계약서는······.

"제가 따로 연락드리죠."

-아, 네!

통화를 끊고 김민호 PD에게 전화를 걸었다.

"네, 피디님. 부탁 하나만 하려구요. 네, 개인적으로 계약을 맺게 되었는데······."

-그럼요. 알겠습니다. 방송국에서 맡기고 있는 로펌이 있는데 거기에 말해놓겠습니다.

"감사합니다."

계약서 준비도 순조롭게 진행되었다.

계약이야 우편으로 해도 되니까.

이한규라는 사람에게 계약서를 보내야 하니 주소를 알려달라고 메시지를 남겼다.

[넵! 주소는 경기도······.]

그제야 휴대폰을 내려놓고 다시 치맥을 즐기기 시작했다.

"야, 이제 제대로 마시자!"

"좋지."

"아주머니! 저희 1,000cc 두 잔, 더요!"

"네, 잠시만요!"

그날, 무혁은 어떻게 집에 들어갔는지 잘 기억이 나지 않을 정도로 취해 버렸다.

어머니의 장국을 마시고서야 숙취가 좀 가셨다.

"으, 살겠다."

"왜 이렇게 또 술을 많이 마셨어?"

"아, 민우 알지?"

"그럼."

"게임에서만 봤잖아. 오랜만에 직접 만나서 이야기도 하고 치맥도 좀 했더니 나도 모르게 취한 모양이야."

"그래도 적당히 마셔. 술에 취해서 움직였다가 사고라도 나면 큰일이니까."

"알았어. 조심할게. 누나는?"

"자고 있지."

"아버지도?"

"일루전 하고 있을 거야, 그 양반은."

"아, 낚시하려고?"

"그래."

요즘 일루전의 접속해서 여행을 하거나 낚시하는 취미에 빠진 아버지, 강선우였다. 물론 어머니 역시도 비슷했고.

"일 끝나면 바로바로 들어오더라, 요즘엔."

"진짜 푹 빠지셨네."

"나도 설거지만 하고 접속할 거야."

"엄마도?"

"그럼. 거기 구경할 게 얼마나 많은데."

절로 미소가 지어졌다.

"왜 웃어."

"그냥. 보기 좋아서."

"얘는."

마침 어머니의 설거지가 끝났다.

"진짜 밥은 안 먹어도 되고?"

"응, 약속 있어."

"그래, 그럼 엄마는 쉬러 간다."

"재밌게 해."

무혁은 시간을 확인한 후 휴대폰을 꺼냈다.

[무혁 : 어디야?]

[예린 : 나, 이제 열차 탔어. 30분 뒤에 서울역에 도착!]

[무혁 : 준비하고 나가야겠네. 입구에서 기다리고 있을게.]

[예린 : 응! 조금 있다가 봐♥]

웃으며 휴대폰을 주머니에 넣었다.

나가볼까.

샤워를 한 후 옷을 차려입고 집을 나섰다. 차를 끌고서 서울역으로 향했다. 조금 있으니 연락이 왔고 무혁은 차에서 내린 후 저 멀리 계단을 통해 내려오는 예린을 향해 손을 흔들었다. 그러자 그녀 역시 양손을 크게 흔들었다.

"오빠!"

크게 외치더니 총총거리며 뛰어오기 시작했다.

"까아아아!"

그러곤 무혁의 품에 안겼다.

"엄청 보고 싶었어!"

"나도."

항상 게임에서 보건만. 또 이렇게 현실에서 보면 느낌이 달랐다. 무혁은 새삼스러운 설렘을 느끼며 그녀와 함께 차에 올라탔다.

"자, 오늘은 하고 싶은 거 다 하자."

"응! 좋아!"

"어디부터 갈까?"

"그러면 점심부터 먹자, 오빠."

"그럴까."

충분히 예상하고 있던 일이었다. 식성이 좋으니까.

무혁은 미리 생각하고 있던 음식점을 떠올렸다.

"그럼 내가 알아둔 곳으로 가자."

"역시 우리 오빠……!"

예린이 갑자기 볼에 뽀뽀를 했다.

"헤헤."

"겨우 이걸로?"

"으응?"

무혁은 보다 더 진한 스킨십을 그녀에게 선사했다.

"우우. 밖에서 다 보인다구……!"

"그럼 빨리 출발해야겠네."

급히 시동을 건 후 도로를 질주했다. 오랜만에 예린과 제대로 데이트를 즐겼다. 뜨겁고도 긴 밤을 함께 보내고. 서로의 체온을 느끼며 아침을 맞이했다.

"으으, 잘 잤다……!"

"나도."

"헤헤, 우리 오빠. 어제는 최고였어."

"크흠."

한껏 치켜세워 준 예린은 배가 고프다며 칭얼거렸다.

"아침 먹고 데려다줄게."

"응!"

결국 밖으로 나와 함께 국밥 한 그릇을 먹은 후 그녀를 서울역까지 데려다줬다. 초고속 열차를 타면 강릉까지 30분밖에 걸리지 않기에 크게 걱정할 것도 없었다.

"오빠, 좀 있다 일루전에서 봐."

"그래, 조심히 들어가고."

"응!"

작별 키스를 한 예린이 열차에 탑승했다. 열차가 떠나는 모습을 확인하고서야 무혁도 집으로 발걸음을 돌렸다. 집에 도착했음에도 8시밖에 되지 않아서 가볍게 운동을 했다. 샤워를 하고 게임에 접속하니 절반 정도의 유저들이 자리를 잡고 모여 있었다.

"진짜 어이없게 죽었었죠."

"설마 함정이 있을 줄 알았나요, 뭐."

"제대로 뒤통수 맞은 거죠."

그때 익숙한 목소리가 들려왔다.

"그러니까 오늘은 제대로 이겨보자고요!"

"당연하죠. 무조건!"

"24시간 동안 접속 못 하니까 얼마나 답답하던지. 오늘도 그러면 저 진짜 열 받을지도 모릅니다!"

"저도요!"

유저들이 크큭거리며 웃었다. 무혁이 그런 유저들에게로 다가갔다. 그러곤 한 사내의 머리를 툭 하고 건드렸다.

"뭐 하냐."

"어, 왔냐?"

다른 유저들도 무혁에게 인사를 해왔다.

"오셨어요?"

"아, 네."

"크, 무혁 님 오셨으니 제대로 이야기를 해보자고요."

"네……?"

"맞아요. 일단 함정이 또 있겠죠?"

"그럴 가능성이 높죠."

"아, 무혁 님 생각은 어떠세요? 함정이요."

"어, 있겠죠? 아무래도."

얼떨결에 토론의 장에 끼어버렸다.

"걱정들 마세요. 이 녀석이 스켈레톤으로 함정부터 확인해 줄 거니까요."

"아, 맞다. 소환수가 있었죠?"

"하긴. 사실 무혁 님뿐만이 아니라 소환 계열 직업 유저분들이 나서서 확인해 주면 함정은 큰 위협이 되진 않겠네요."

"갑자기 당해서 죽었던 거니까요."

"이번엔 이기겠군요."

모두들 기분 좋은 미소를 지었다.

너무 방심하긴 했지.

오늘은 결코 그럴 일이 없을 것이다.

"복수해야죠!"

"벌써 손이 근질거리네요."

지난번 전투에서의 패배를 갚아주는 날이 되리라.

그사이 예린과 김지연도 접속했다. 무혁을 촬영하기 위한 이들도 모였다.

"모두 오셨군요."

그들을 이끄는 기사가 다가왔다. 그러곤 무혁을 쳐다봤다.

"잠시 할 말이 있습니다."

"제게요?"

"네."

"알겠습니다."

무혁이 움직이자 촬영 팀도 따라왔다. 유라 역시.

기사는 고민하다가 이내 신경을 끊고서 무혁에게 낮은 목소리로 이야기를 꺼냈다.

"지난번 전투에서 제가 할 수 있는 일이 적다는 걸 깨달았습니다."

"으음."

"해서, 이번에는 무혁 님께서 지휘를 맡아주시는 게 어떤가 싶어서 부득이하게 모셨습니다."

무혁은 귀족이다. 즉, 기사에게서 지휘권을 받아도 아무런 문제가 없었다.

"상관은 없지만……."

"부탁드립니다. 아무래도 무혁 님이 제격일 것 같습니다."

[지휘권 위임]

[카이온 대륙과의 전투. 마을과 소도시를 탈환하는 과정에서 기사는 NPC가 아닌 이방인을 지휘하는 것에 대하여 스스로가 부족함을 느꼈다. 해서 귀족의 자격이 있는 그대에게 지휘권을 맡

기려고 한다. 지휘권을 받아들여 지금의 전투와 앞으로의 전투에서 승리를 도모하라.]

　　[퀘스트 발동 조건 : 귀족, 기사의 신임.]

　　[성공할 경우 : 기여도, 경험치.]

　　잠깐 고민하는 무혁이었다.

　　흐음.

　　어차피 유저들을 지휘하는 건 어려운 일이었다. 그들을 완벽하게 통제할 생각은 애초에 하지도 않았다.

　　그저 방향만 제시해 주면 되리라.

　　무엇보다도 스탯을 올리는 일에도 크게 지장이 없을 것 같았기에 이내 고개를 끄덕이는 무혁이었다.

　　그래, 퀘스트까지 떴으니.

　　어느 모로 봐도 긍정적인 영향뿐이었다.

　　"좋습니다. 한번 해보죠."

　　"감사합니다."

[지휘 권한을 획득하셨습니다.]

　　떠오른 메시지를 슬쩍 읽은 후 자리로 돌아갔다.

　　"뭐, 얼떨결에 제가 지휘를 맡게 되었네요."

　　"오오!"

　　"그럼 편하죠. 사실 좀 대화도 안 통하고 힘들었거든요."

"그러면 다행이구요."

생각보다 분위기는 좋았다.

"상황 좋은데?"

성민우가 다가와 무혁의 앞에 서더니 허리를 숙였다.

"자자, 그러면 지휘자가 되었으니 어떻게 싸워야 할지 설명을 부탁합지요, 무혁 나으리."

"어휴……."

한숨과 함께 고개를 젓자 일부 유저들이 웃어댔다.

"쩝. 뭐, 이미 다 대화를 나누긴 했지만 간단하게 설명을 드리겠습니다. 먼저 소환 계열 유저분들은 최소한의 소환수를 불러냅니다. 이후 함께 성문 주변 함정부터 확인을 하겠습니다. 확인이 끝나면 1차 함정에서 살아남은 소환수를 입구로 보냅니다. 적대 유저가 지키고 있다면 빠르게 진입하여 돌파할 것이고. 아니라면 입구에도 함정이 있다고 판단하여 다시금 일부 소환수를 불러내어 내부로 들여보낼 겁니다."

그때 누군가가 입을 열었다.

"음, 적 유저가 소환수를 빠르게 죽일 텐데요?"

"소환수들이 함정에 걸리기 전에 죽이려고 하겠죠. 그 부분은 제가 알아서 감당하죠."

"아, 네!"

"이후로는 뭐, 더 말씀 안 드려도 되겠죠? 내부 함정까지 처리가 되면 남은 건 하나죠. 빠르게 진입하여 적들을 섬멸하는 것으로 하죠."

그에 모두들 고개를 끄덕였다.

"갑시다."

"히드라 소환, 스컬 스네이크 소환."

"좀비 소환!"

"정령 소환!"

각자의 소환수를 불러내었다.

이 정도면 되었고.

선두에 있던 무혁이 손을 들었다.

"정지하겠습니다."

모두 걸음을 멈추고 눈앞의 소도시의 성벽을 바라봤다.

"함정 확인하겠습니다."

무혁의 말에 소환수들이 사방으로 흩어졌다.

쾅, 콰과과광!

예상대로 함정이 설치되어 있었다.

신기하단 말이야.

무혁은 그 함정을 눈여겨봤다.

직접 만든 건가?

그렇다고 하기엔 흔적이 너무 없었다. 그렇기에 첫 전투에서
도 전혀 알아차리지 못했던 것이고.

그러면 스킬인가?

함정을 설치하는 직업이 있을 수도 있었다. 만약 정말로 그런 직업을 가진 유저가 존재한다면 상당히 흥미로운 일이었다. 그러나 안타깝게도 적대 유저였기에 이내 고개를 저으며 잡념을 털어냈다.

아쉽지만, 뭐.

입구 주변에서 터지는 폭발을 주시했다.

['스컬 스네이크'가 역소환됩니다.]

HP가 낮은 녀석들이라 금방 죽어버렸지만 상관은 없었다. 어차피 그들의 역할은 함정을 찾아내는 것뿐이었으니까.

쿠후우웅!

함정은 생각보다 많았다.

"휘유, 어마어마한데?"

"그러니 당했지."

"그 많은 함정에 당했는데 그사이에 또 저렇게 만들다니……."

그때 폭발이 멎었다.

"끝?"

"글쎄."

스컬 스네이크를 좀 더 앞으로 보냈다.

픽, 피비빅.

그러자 땅에서 창과 화살이 솟구쳤다. 일부 소환수가 꼬치에 꿰듯 허망하게 사라졌다. 문제는 이제 겨우 시작이라는 것이었다. 창과 화살을 뚫고 나아가니 이번에는 갑자기 바닥에서 차가운 냉기가 솟아올랐다.

해당 구역에 있던 소환수 모두가 얼어버렸다. 찰나의 시간이 흐르자 얼음은 조각나며 깨어졌고 깨어진 얼음들이 다시 사방으로 튀어나갔다. 꽤 멀리 떨어져 있던 소환수들이 조각에 가격당하기 시작하면서 HP가 줄어들었다.

다시 봐도 엄청나구만.

아직 더 놀랄 일이 남아 있었다.

아마, 저 뒤에…….

전에 봤던 함정이 스치듯 지나간다.

전류였던가.

살아남은 소환수가 입구에 정말 가까워졌을 무렵.

치이이익.

예상이 맞아떨어졌다.

바닥에서 전류가 솟아났다. 얼음조각에 맞아 물이 흥건한 상태에서의 전류는 생각보다 더 치명적이었다.

['스컬 스네이크12'가 역소환됩니다.]

['스컬 스네이크…….]

그 모습을 지켜보는 무혁의 눈썹이 꿈틀거렸다.

"흐음."

"왜?"

"대단하다 싶어서."

"함정이?"

"어, 치밀한 것도 놀랍고. 파괴력도 엄청나잖아."

그 탓에 소환수 대부분이 죽었다. 바꿔 말하자면 전부가 죽은 건 아니었다.

"도착했어!"

마지막까지 살아남은 일부 소환수가 성문에 도달했다. 입구를 지나치려는 순간 갑자기 성벽에서 유저들이 모습을 드러내더니.

"밀어!"

거대한 돌덩어리를 아래로 떨어뜨리기 시작했다.

쿵, 쿠웅!

설마 저렇게 직접적으로 행동할 것이라곤 상상도 못 했다.

그 탓에 조금 당황하여 지휘에 소홀한 사이, 소환수 전부가 돌에 깔리면서 역소환되었다.

"허어."

준비성이 그야말로 철저했다.

이렇게까지 할 이유가 있나? 단지 이기기 위해서?

그런 것치고는 조금 과하다는 생각이 들었다.

뭐, 탈환해 보면 알겠지.

일단 입구에는 적대 유저가 없었다.

그 말인즉. 내부에도 함정이 있을 가능성이 높다는 것.

애초에 계획했던 대로 소환계열 유저들이 다시금 일부 소환수를 불러내어 앞으로 보냈다. 성외에 위치하고 있던 함정은 전부 사라진 모양인지 소환수는 아무 저지도 받지 않고 내부로 들어섰다.

하지만 그때부터 다시금 함정의 세례가 쏟아졌다.

쿵, 쿠와아앙!

그즈음, 무혁이 손을 들었다.

"갑시다!"

탱커들이 무혁의 뒤에 위치하고. 그 뒤에 소환계열 유저와 사제가 자리를 잡았다. 나머지 직업군 유저가 가장 후미에 서서 걸음을 내디뎠다.

무혁은 한층 더 속도를 높였다. 아직도 함정으로 인해 폭발이 이어지는 성내에 진입했고 그 순간 사방에서 뿌려지는 공세를 느꼈다.

급히 한쪽 무릎을 굽히며 방패로 몸을 가렸다. 강한 힘이 방패를 두드리면서 무혁을 뒤로 밀어냈다.

"뒤로 밀리지 마세요!"

탱커 유저가 무혁을 도왔다.

"버틸 수 있으세요?"

"네, 아직은요."

앞선 소환수들이 여전히 함정을 없애가는 중이었고 폭발로 인해 먼지가 치솟는 상황이었던지라 적대 유저가 날린 공격의 정확도가 떨어졌다. 덕분에 HP의 소모가 그리 크지 않았다.

"다시 가죠."

무혁은 눈을 반짝이며 다시금 앞으로 나아갔다.

빠르게 전방을 스캔한다. 소환수 일부 생존.

녀석들이 사방으로 흩어진다. 너희들도.

무혁도 살아남은 몇 마리의 스켈레톤들을 지휘했다.

일단 함정 대부분이 사라진 상태.

유저들은?

성벽 위에 위치해 있거나 성벽에 딱 붙어서 자리를 잡고 있었다. 그들의 태도만 본다면 아직 직접적인 전투를 벌일 생각이 없어 보였다.

그에 기이한 위험성을 느낀 무혁이 급히 자리에 멈췄다.

뭐야……?

그 순간 입구에서 폭발이 일어났다.

콰과과광!

입구가 무너졌고, 그 탓에 내부로 진입한 수십 명의 유저가 성내에 갇히게 되었다.

"이런, 미친……."

"하, 뭐야!"

"우리 지금 갇힌 거야?"

"무혁 님, 어쩌죠?"

정면 돌파는 불가능한 일이었고 성벽을 넘어 도망치는 방법밖에 없었다.

"일단 성벽으로……."

그런데 그게 끝이 아니었다.

쿠구구궁.

무혁을 포함한 포르마 대륙 유저들 주변으로 성벽보다 더 높은 벽이 세워졌다. 훨씬 더 좁은 공간에 갇히게 된 것이다.

문제는 아직도 끝이 아니라는 사실이었다.

후우웅.

불어온 바람이 형상을 갖추었고.

그르르.

이내 수백 마리의 좀비로 변모했다. 그리 넓지 않은 공간에서 좀비들이 거리를 좁혀오기 시작했다. 스켈레톤이 아니라 좀비를 이렇게나 많이 보는 건 처음이었다.

생긴 건 흡사하고. 덩치도 역시 거의 비슷했다.

그럼 한 명인가?

이 정도로 많은 좀비를 다루는 직업은…… 좀비술사.

아마도 그 직업을 가진 유저가 이곳에 있는 것이리라.

포르마 대륙에 조폭 네크로맨서가 있다면 카이온 대륙에는 좀비술사가 있었다. 좀비 하나하나의 힘은 그리 강하지 않지만 상황만 따라준다면 때로는 말도 안 되는 물량을 퍼부을 수 있는 존재였다.

아무래도 그 빌어먹을 상황이 만들어진 모양이었다.

"와, 상황 어이없네."

옆에 있던 성민우가 당황스러운 표정을 지었다.

"그나마 다행이지."

"엥? 뭐가?"

"예린이랑 지연이 없잖아."

"그건 그렇지."

"문제는……."

촬영 팀 일부가 함께 함정에 빠져 버린 것이었다.

흐음, 상관없으려나.

남성 MC는 모르겠지만 유라는 그리 당황스러워하는 표정도 아니었으니까.

그저 지금 상황을 제대로 파악하기 위해 열정적으로 이리저리 움직일 뿐이었다.

"네, 벽이 높긴 하지만 벗어나지 못할 정도는 아닙니다. 벽면이 매끄럽지 않아서 충분히 밟고 올라갈 수 있을 것 같아요. 좀비가 많기는 하지만 움직임이 그리 빨라 보이지 않네요. 시간은 걸리겠지만 모두 잡는 건 무리가 없어 보여요."

그러면서도 방송을 잊지 않고 상황을 설명하는 모습까지 보여줬다.

덕분이라고 해야 할까. 함께 갇힌 유저들도 금세 정신을 차렸다.

"후우, 그래. 아직 죽진 않았잖아?"

"시부럴. 또 죽으면 겁나 짜증 날 것 같다고. 그러니까 무조건 살아서 나갑시다, 다들!"

"그래야죠!"

"게다가 유라 님도 저렇게 침착한데."

"맞아요, 맞아."

그 상황에서도 유라의 말은 이어졌다.

"문제는 벽면의 정상에 적대 유저들이 자리를 잡은 채 스킬을 난사할 경우겠네요."

"어어, 네. 그렇죠."

남성 MC도 겨우 정신을 수습하여 대꾸했다.

"그럼 어떻게 해야 될까요?"

"벽의 끝에 붙어야겠죠. 그러면 위에서 스킬을 난사하더라도 최소한의 피해로 막아낼 수 있을 거예요. 물론 그러기 위해서라도 좀비를 빠르게 처리해야 하구요. 아, 가장 좋은 건 지금 길을 가로막은 벽을 무너뜨리는 거겠네요."

"아아."

"하지만 그렇게 쉽진 않을 거예요."

유라의 말에 무혁의 표정이 바뀌었다.

벽을 무너뜨린다? 왜 그 생각을 못 했던 걸까.

아니, 설혹 안 되더라도……!

무혁의 입장에서는 벽이 그리 큰 장애물이 되는 것도 아니었다. 왜냐하면 아직 주요 전력이 되는 스켈레톤을 소환하지 않은 상태였기 때문이다.

벽을 기준으로 하여 바깥에 소환수를 불러낸다면?

적대 유저도 꽤나 당황할 것이 분명했다.

게다가. 눈앞에 좀비가 있지 않은가.

한정 부활을 쓰기에 딱이지.

즉, 유라의 앞선 말은 무혁이 지닌 고정관념을 깨뜨리게 하는 데 큰 도움이 되었다. 덕분에 자신감이 자연스럽게 솟구쳤고 그게 태도와 표정으로 드러났다.

"일단 좀비부터 처리하고 벽에 붙죠."

"아, 네!"

그 당당한 모습에 유저도 재빨리 행동했다.

"서두릅시다!"

적대 유저들은 반드시 벽 위에 자리를 잡을 것이기에 그전에 좀비를 다수 처리하고 벽에 붙어야만 했다. 무혁과 성민우를 포함하여 유저들이 스킬을 퍼부었다.

멀티샷. 수십 대의 화살이 사방으로 뻗어 나갔다.

푹, 푸욱.

좀비의 전신에 화살이 꽂혔다.

풍폭, 갉아먹는 화살비. 하늘에서 화살의 비가 떨어지고. 파천신궁을 사용하여 뭉친 녀석들을 단번에 터뜨려 버렸다.

윈드 스텝.

이후 직접적으로 움직여 좀비를 한 마리씩 처리해 나갔다.

[3,121의 대미지를 입힙니다.]
[경험치를 획득합니다.]

좀비의 숫자는 확실히 많았지만 개개인의 능력은 분명 뒤떨어지는 편이었다. 덕분에 압도적인 힘으로 좀비의 수를 줄여 나가는 중.

"위, 위에!"

성민우의 외침에 고개를 들었다.

으음.

갑자기 솟구친 벽의 가장 꼭대기에 올라선 적대 유저들이 보였다. 자리를 잡더니 좀비가 적은 곳을 위주로 공격을 간간이 날리기 시작했다.

"하, 귀찮네."

"진짜……!"

거리가 꽤 멀어 정확히 알 순 없었지만 분명 저들은 여유로운 표정을 짓고 있으리라.

"그래도 숫자는 많지 않은데?"

"뭐, 포르마 대륙 유저라고 가만히 있지는 않을 테니까. 지금 정도면 막힌 입구 뚫으려고 뭐든 하고 있지 않겠나?"

"아아, 그럼 나머지 놈들은 입구 뚫리는 거 막으려고 갔구만."

"그렇지."

"그나마 다행이네."

하지만 그럼에도 족히 서른 명은 될 것 같은 그들의 공세는 분명 위협적이었다. 위에서 아래로 내리꽂히기에 더욱 그러했다.

"좀비 숫자가 좀 줄어들면 본격적으로 공격하겠지."

"으음."

"빠르게 정리하고 벽에 붙자고."

"오케이."

다시금 좀비를 죽여 나갔다. 그와 더불어 벽의 꼭대기에 위치한 적대 유저의 공격도 조금씩 더 강해졌다.

쾅, 콰과광!

몇 번은 버텨내던 포르마 대륙의 용병 몇 명이 결국 목숨을 잃었다.

"젠장할!"

결국 HP가 낮은 이들은 먼저 벽에 바짝 붙었다.

"조금만 더 죽여!"

"또 쏟아진다!"

끝까지 버티던 일부 유저도 더 이상은 안 되겠다 싶었는지 급히 좀비의 길을 뚫었다. 다급한 표정으로 벽에 붙어 방패로 전신을 가렸다.

"여기 힐 좀 주세요!"

"아, 네!"

다행히 위기에서 벗어난 그들은 보았다.

서걱, 쾅! 퍼엉!

성민우와 무혁, 두 사람의 힘을 말이다. 위에서 쉴 새 없이 쏟아지는 공격들을 피하거나 막으면서도 좀비를 압도했다.

"대단해. 정말⋯⋯."

"휘유."

유저들만 감탄하는 건 아니었다.

"역시⋯⋯."

유라 역시 고개를 끄덕였다.

그 순간, 그녀가 미간을 찌푸리며 외쳤다.

"지금, 꽤 많은 공격이 쏟아질 것 같은데요?"

그에 주변 유저가 외쳤다.

"무혁 님! 강철주먹 님! 위에서 공격 옵니다!"

그에 두 사람이 고개를 들었다. 확실히 빛이 휘황찬란했다.

성민우는 급히 주변 좀비를 한 마리 쓰러뜨린 후 놈을 머리 위로 던져 버렸다. 직후 방패를 들어 올린 후 방패 위에 좀비가 안착하게 만들었다.

좀비가 먼저 스킬을 맞고 약해진 공격이 방패를 두드리면 충분히 견딜 수 있기 때문이었다. 방어구의 강화도가 전부 높기에 시도할 수 있는 방법이었다.

반면, 무혁은 그 자리에서 움직이지 않은 채 떨어지는 무수한 스킬을 눈에 담았다.

무혁에게 스킬이 적중되기 직전.

백호보법. 가볍게 지면을 밀어냈다.

스킬들이 바닥에 닿고 후폭풍의 힘을 빌려 몸을 뒤로 던졌다. 여전히 시선은 하늘이었다.

급히 오른발을 들어 올린 후 지면에 깊숙하게 박았다.

쿠웅!

밀리던 무혁이 거짓말처럼 자리에 우뚝, 멈췄다.

후읍!

오른발을 빼며 왼쪽으로 몸을 틀었다. 스킬 하나가 옆을 스친다. 폭발이 일어나기도 전에 앞으로 빠르게 쏘아져 나갔다.

흐음.

생각보다 여유가 있었다. 손을 재빠르게 움직인다.

풍폭, 유도샷.

어느새 시위에 걸린 화살 한 대가 하늘 위로 솟구쳤다. 강한 힘을 머금은 화살은 오른쪽에서 쉴 새 없이 화살을 날리는 유저에게 다가갔다.

몸을 틀면서 피해내는 모습을 본 무혁이 가볍게 웃었다. 차라리 방패로 막았다면 오히려 피해가 덜했을 테니까.

휘이잉.

저 멀리 뻗어가던 무혁의 화살이 허공에서 궤도를 틀었다.

유도샷. 말 그대로 적을 쫓아가는 스킬이었기에 절대 피할 수 없다.

막아내거나 공격을 당하거나, 둘 중 하나만이 있을 뿐.

공격을 당하는 건 기정사실.

무혁은 거리를 가늠하다가 화살을 하나 더 날렸다.

풍폭, 강력한 활쏘기. 마찬가지로 궁수 유저를 노렸다.

앞뒤에서 쏟아지는 공격. 물론 궁수 유저는 뒤에서 다가오는 유도샷을 알지 못했다. 그렇기에 전방에서 쏟아지는 화살에만 집중을 했고. 이번에도 피해내기 위해 움직이려는 순간.

푸욱.

그의 뒷목에 유도샷이 깊숙하게 꽂혔다.

[크리티컬이 터집니다.]
[7,219의 대미지를 입힙니다.]

움찔거리는 사이.

콰앙!

앞에서 다가온 또 다른 화살이 가슴을 때렸다.

"커헉……."

두 번의 공격으로 그를 죽일 수 있었다. 물론 그 와중에도 무혁은 떨어지는 스킬들을 피하기 위해 이리저리 움직이고 있었지만 말이다.

좀비의 수가 확연하게 줄었을 무렵. 무혁이 처음으로 벽에 바짝 붙은 채 벽면을 쳐다봤다.

스켈레톤 전원 소환. 모든 스켈레톤이 무혁의 전방에 생성되었다. 즉, 벽을 통과하여 소환된 것이다.

곧바로 또 다른 스킬을 사용했다.

한정 부활.

[주변을 떠도는 몬스터의 영혼(387마리)을 발견했습니다.]

전부를 부활시키기엔 MP가 부족했다.

150마리만.

[되살아난 좀비 소환수는 생전의 80퍼센트에 해당하는 능력치를 지닙니다. 30분간 유지되며 이후에는 신체가 소멸되며 영

혼은 본래의 주인에게 돌아갑니다.]

지난번과는 문구가 달랐다.

흐음?

본래의 주인에게 돌아간다는 점이 재밌었다.

어라, 그러니까……!

한 가지를 깨달을 수 있었다. 무혁이 좀비를 되살린 동안에는 좀비술사 역시 150마리의 영혼을 사용할 수 없다는 소리와 다름이 없었던 것이다. 생각하지도 못한 이득을 손에 쥔 탓에 잠깐 고민이 되었다.

어쩌지?

본래는 곧바로 놈들을 희생시켜 소환수를 강화시킬 생각이었다. 하지만 지금은 상황이 달라졌다. 그냥 좀비를 살려놓기만 해도 좀비술사에게 피해를 입히는 것이었으니까.

그래, 그냥 둔다고 치고. 어디에라도 도움이 될 게 없을까 싶은 찰나.

"와, 무혁 님! 좀비 되살린 거예요?"

"아, 네."

"그, 그럼 저희한테 두 마리 정도씩만 붙여주실 수 있으세요?"

"네?"

"아, HP가 부족해서요. 방패로 막는 것도 한계라……."

무혁의 눈이 반짝였다.

너무 내 생각만 했구나.

고개를 끄덕이며 재빨리 좀비를 지휘하여 유저마다 두세 마리의 좀비를 붙여줬다.

"감사합니다!"

"무혁 님 최고예요!"

"후아, 좀 살겠다."

유저는 좀비를 방패로 삼아 조금 더 길게 버텨낼 수 있게 되었다. 희생은 조금 후에.

결론을 내린 무혁 역시 좀비 뒤에서 숨을 돌리며 스켈레톤을 지휘하기 시작했다.

벽의 외부에서 나타난 스켈레톤들이 공격을 퍼부었다.

쾅, 콰아앙!

그러자 벽의 꼭대기에 있던 유저들이 균형을 잃고 비틀거렸다. 일부 유저는 결국 벽면에서 떨어졌는데 스켈레톤은 그런 유저를 결코 놓치지 않았다.

가속 찌르기! 강한 일격!

꼬치가 되듯 죽어버린 적대 유저들.

"2조, 7조, 8조는 스켈레톤 전담하세요!"

지휘 권한을 임시로 위임받은 부길드장이 크게 외쳤다. 그에 입구 근처에 있던 유저 일부와 성벽에 있던 유저 일부가 이동하여 스켈레톤을 공격했다. 자연스럽게 아머나이트가 나서 공격을 방어했고 나머지 스켈레톤은 계속해서 벽을 두드렸다.

쿵, 쿠우웅!

이번에도 몇 명의 유저가 떨어졌다.

"크윽!"

스켈레톤은 무차별하게 그들을 죽여 나갔다.

"3조, 4조도 투입!"

"그럼 입구는 어쩝니까?"

"제가 직접 막습니다!"

"알겠습니다!"

수십이 넘는 유저가 더해져서 스켈레톤을 압박하니 아머나이트도 더 이상 버텨낼 수 없었다. 부르탄과 설인 등, 범위 스킬을 사용하면서 최대한 시간을 끌었지만 이젠 그마저도 버거워졌다. 결국 벽면에서 방향을 튼 기마궁수와 메이지가 유저들을 상대했다.

-파워샷. 파이어 월. 윈드 스톰. 아이스……

갑작스러운 공격에 일부 유저가 녹아버렸다. 물론 살아남은 적대 유저가 훨씬 더 많았지만. 그들은 여전히 사그라지지 않은 거친 기세를 뿌렸다.

"부서뜨리라고!"

"죽어, 이 뼈다귀 새끼야!"

얼마간 치열한 접전이 이어지고.

일반 검뼈, 기마병과 같은 약체 스켈레톤이 대부분이 사라졌을 즈음, 나머지 스켈레톤의 몸으로 강렬한 빛이 스며들었다.

"뭐야, 저건!"

직후, 스켈레톤의 움직임이 바뀌었다.

"어, 어엇……!"

한층 더 가벼워졌고 빨라졌으며 기세를 짓누를 만큼 강맹해졌다.

벽의 꼭대기에 위치한 유저의 수가 줄어들면서 위험도가 꽤 낮아졌다.

"오오……!"

포르마 대륙의 유저들도 기쁨을 감추지 않았다.

"무혁 님, 어떻게 된 거예요?"

"벽 바깥에 스켈레톤을 소환해서 공격을 명령했습니다."

"아……!"

"그래서 벽이 흔들리고 꼭대기에 있던 놈들이 균형을 잃은 거군요?"

"네, 맞아요."

"크, 대박이네요. 역시!"

"오, 또 떨어진다!"

바깥으로 떨어지면 스켈레톤이.

벽 내부로 떨어지면.

"가자고!"

지금처럼 포르마 대륙의 유저들이 가볍게 처리했다.

[지휘자로서 공헌도를 일부 나눠 받습니다.]
[공헌도(2)가 상승합니다.]

무혁도 유저 한 명을 겨냥했다.
파앙!
쏘아진 화살이 그의 전신에 박혔다.

[공헌도(23)가 상승합니다.]

다른 한 명의 유저는 성민우가 처리했다.
"아, 근데 이거 안 무너질 거 같은데?"
"계속 치다 보면 무너지긴 할 거야. 이런 건 대부분 HP 개념
으로 되어 있거든."
"HP 개념으로?"
"어."
"참, 넌 가끔 이런 거 보면 신기하다니까."
"뭐가?"
"어떻게 그렇게 다 알고 있냐?"
순간 뜨끔했지만 표정을 관리했다.
"워낙 평소에 이것저것 찾아보니까."
"누군 안 보는 줄 알겠다?"

"머리 차이지, 머리."

"크읍……."

차마 그 말에는 반박하지 못하는 성민우였다.

피식하고 웃은 무혁이 어깨를 두드렸다.

"아무튼 이제 꼭대기에 유저도 거의 없으니까 벽면 공격에 집중하자고."

"오케이."

직후 몸을 틀었다.

"지금부터 2인 1조로 다녀주십시오!"

"아, 네!"

"한 명은 방어에 집중하시고 나머지 한 명은 벽면 공격에 집중하겠습니다. HP 개념으로 되어 있을 가능성이 높기 때문에 계속 공격하다 보면 벽은 반드시 무너질 겁니다!"

"저기, 그걸 어떻게 아시죠?"

"사전에 이것저것 찾아보다가 이와 비슷한 경우를 읽은 적이 있습니다."

"오오……!"

"무혁 님 말이니 따라야죠."

"자자, 빨리 움직입시다!"

유저들이 2인 1조로 나뉘어 벽에 붙었다.

"좀비도 치우겠습니다!"

살아남은 좀비의 수는 대략 60마리 정도.

부족해.

한정 부활 1번을 80마리에게 사용했다.

[MP(8,000)가 소모됩니다.]
[되살아난 좀비 소환수는 생전의 80퍼센트······.]

곧바로 다시 한정 부활을 사용했다. 2번 선택.
영혼 전이 대상으로 좀비를 선택하고.

[전이 받을 소환수를 택해주십시오.]

힘을 받게 될 이들은 살아남은 모든 스켈레톤으로 지정했다.

[전이를 받은 소환수의 능력치가 크게 상승합니다.]

시야확보를 통해 상황을 살핀다.
당황하고 있군.
그 틈에 서둘러 스켈레톤을 지휘하여 벽 너머에 있는 적대
유저를 압박하기 시작했다.

좀비의 능력을 전이 받은 아머기마병이 바닥을 밀어냈다.
파, 파바밧.

군마의 발굽이 깊숙하게 지면을 파고들었다. 모든 스탯이 고루 상승했고. 거기서 파생된 속도는 전과는 판이하였다.

"흐읍!"

분명 집중을 하고 있었음에도 불구하고 아머기마병의 움직임을 일순간 놓칠 정도였다. 그 탓에 카이온 대륙의 유저는 코앞에 당도한 아머기마병의 창끝에 가격당하며 뒤로 주르륵, 미끄러졌다.

"미친, 쪽팔리게……!"

겨우 아머나이트 한 마리였다.

유저도 아닌 소환수. 그럼에도 불구하고 상당한 피해를 입었다. 뒤로 밀린 것 역시 자존심이 상했다.

쿠우웅!

그러나 창피함은 이내 사라진다. 바로 뒤에 위치한 아머기마병이 또다시 창을 뻗은 탓이었다.

급히 방패로 막았다.

콰아앙!

폭음과 함께 충격이 신체를 감싼다.

"도대체 뭐냐고!"

물론 아프다는 건 아니었다. 다만 이 정도 충격은 유저에게서나 받는 수준이었기에 크게 놀란 상태였다. 일개 소환수에게 받을 만한 것이 절대로 아니었기에 더욱 그러했다. 급히 정신을 차린 유저가 방패를 살짝 내리고 전방을 확인했다.

또, 또……!

아직 아머기마병의 줄은 끝나지 않았다.

쿵! 쿠우웅! 두 번, 세 번, 네 번.

끝없이 부딪혀 온다. 그럴 때마다 크게 밀려났고 자연스럽게 뒤쪽에 위치한 원거리 유저와 가까워졌다.

"탱커, 버텨! 왜 밀리고 난리야!"

"버, 버티고 있다고!"

"겨우 소환수한테 밀리는 게 뭔 개짓이냐고!"

"크윽⋯⋯!"

"더 밀리지 마! 밀리지 말라고, 이 새끼야!"

"젠장할! 밀리는 걸 어쩌라고!"

"이 새끼가!"

"네가 막아보든가!"

그러는 와중에도 아머기마병의 돌진은 계속되었다. 더더욱 원거리 유저와의 거리가 좁혀졌고, 그 순간 다섯 마리의 거대한 스켈레톤이 허공으로 뛰어올랐다.

포이즌 오우거, 설인, 부르탄, 자이언트 외눈박이, 그리고 붉은 오크 대전사였다. 그들은 황당한 표정을 짓고 있는 적대 유저를 향해 스킬을 사용했다.

누군가는 기파에 휘청거렸고 누군가는 아이스 스페이스에 얼어버렸다. 또 일부는 오크 대전사의 넉백 효과에 당하면서 아머기마병 쪽으로 밀려났다.

"으, 으어어억!"

하지만 아머기마병은 현재 스킬이 바닥 난 상태. 그 순간 거짓말처럼 아머기마병이 좌우로 갈라졌다. 그 사이로 아머나이트가 달려들었다.

　-강한 일격!

다수가 휘두르는 검격은 생각보다 파괴적이었다. 무엇보다 방패로 막아내지 못했기에 피해를 고스란히 안을 수밖에 없었다. 게다가 하필이면 원거리 유저였다. 안 그래도 HP가 낮은 축에 속하는 직업군이었기에 아머나이트의 공격에서 살아남을 수 없었다.

"이게, 무슨……."

그들은 허탈한 한마디를 남긴 채 사라졌다.

그게 끝이 아니었다.

아머나이트가 밀려온 이들을 정리할 동안, 기마궁수와 메이지는 스킬을 사용해 얼어버리거나 비틀거리는 이들에게 제대로 된 타격을 입혔다.

콰아아아앙!

20명 이상의 유저가 죽었다. 이후 아머나이트가 전방에 나서 유저들의 공격을 최대한 막아냈다.

기마궁수는 계속해서 뼈화살을 날리며 견제를 했고. 그러다 스킬의 쿨타임이 돌아왔을 때, 다시 한번 대규모의 강력한 공격으로 유저 30명 정도를 죽였다.

"크윽……!"

"미친. 안 되겠어! 지원 요청부터 합시다, 조장!"

"장난하냐? 지원? 소환수 따위한테 밀려서?"

"그럼 어쩝니까! 방법 있냐구요!"

"이런, 개 같은……."

남은 소환수의 숫자는 110마리 정도. 그에 반해 유저는 대략 70명. 이미 역소환된 스켈레톤이 100마리 정도 되었지만 대부분이 일반 스켈레톤일 뿐이었다. 지금 남은 스켈레톤이야말로 두개골을 장착하여 진화를 거친 제대로 된 전력이었다. 그렇기에 남은 유저는 문제가 되지 않았다.

쾅! 콰아앙!

오히려 그들을 상대로 제대로 밀어붙이기 시작했다.

"더 이상은 안 됩니다!"

"지원 요청 안 하면 그냥 구석에 박혀 있을 겁니다!"

"이 새끼들이……!"

"결정하세요, 조장."

"시발. 알았어, 알았다고!"

"2분 기다립니다!"

각 조의 장이 모여 지휘 권한을 지닌 유저에게 다가갔다.

"부길드장님, 지원 좀 해주시죠?"

"뭐라고요?"

그 역시 입구를 뚫으려는 포르마 대륙의 유저를 막아내기 위해 이리저리 바쁘게 움직이고 있었다. 그래서 지원을 요청하는 그들을 어이없는 표정으로 바라봤다.

"아니, 저것들이 생각보다 강해서요."

"하, 지금 장난해요?"

"그럼 어쩌라고요. 이미 밀리고 있는 판국에."

"여기도 간당간당합니다!"

"시발, 그럼 졌네, 이거."

지휘자가 미간을 찌푸렸다.

"길드장님한테 가보든가요."

"하, 젠장……."

조장들의 눈동자에 갈등이 서린다.

"별수 없지."

결국 결정을 내리고 조심스럽게 왼쪽 구석으로 다가갔다. 벽을 더듬던 조장 한 명이 손을 들었다.

"여기네요."

손에 힘을 주자 벽이 쑤욱 하고 들어갔다.

곧이어 나타난 바닥의 공간. 지하로 내려가는 계단이었다.

"갑시다."

아래로, 또 아래로. 한참을 내려간 끝에 목적지인 문 앞에 당도했다.

똑똑.

"쩝, 저흽니다."

뒤이어 문이 열리고 로브를 입은 중년의 사내, 바쿠가 모습을 드러냈다.

"뭐야?"

"위에 상황이 안 좋아서요."

예리하게 빛나는 눈동자.

움찔한 유저가 어색하게 웃었다.

"아니, 그게 생각보다 놈들이 세더라고요."

"장난하냐?"

"죄, 죄송합니다, 길드장님."

"하……"

바쿠가 고개를 저었다.

"됐다. 알았으니까 올라가 봐."

"예! 이번엔 꼭 막겠습니다!"

한심한 표정을 지우지 못한 그가 문을 닫았다. 그러곤 다시 중앙에 놓인 기이한 석상 앞으로 나아갔다.

"이제 하루 남았어, 딱 하루."

그 시간만 버티면 좀비술사의 힘을 얻게 된다.

그렇게만 되면…….

본래 직업인 함정사와 이곳에서 얻은 좀비술사의 힘으로 일루전을 휘저을 것이다. 현재의 길드 역시 저 하늘 높이 솟아오르리라.

그러나 마지막에 위기가 왔다.

아니, 괜찮아. 지금까지처럼…….

제물로 좀비술사의 힘을 빌리면 될 테니까.

"후우."

석상 앞에 놓인 작은 구멍.

아깝긴 하지만 거기에 제물 9개를 내려놓았다.

[좀비술사(임시)의 힘을 획득합니다.]
[한 가지 스킬을 사용할 수 있습니다.]

[좀비를 소환합니다.]

위치는 지상. 그곳에 좀비로 이뤄진 대군이 생성되었다.

목표물은 포르마 대륙의 유저.

적대 관계가 성립된 그들에 한하여 학살을 명령했다.

그르르.

좀비가 움직이기 시작한다.

하나 더. 거기에 제물 10개를 더 바쳐서 또 다른 스킬을 사용했다.

좀비 강화.

한층 더 빠르고 강해진 좀비가 전투를 종결시키리라.

그는 그렇게 믿었다.

무혁의 미간이 찌푸려졌다. 시야확보로 스켈레톤의 상태를 확인하고, 또 지휘를 이어가던 중에 갑자기 좀비 다수가 벽 외부에 나타났기 때문이다. 물론 벽 내부에 나타난 놈들과 마찬가지로 속도가 느려서 크게 걱정이 되긴 않았다.

다만 귀찮을 뿐.

그런데 그 마음을 단번에 돌려 버리는 일이 벌어졌다.

화아아악.

좀비에게 붉은빛이 흡수되더니.

그르르……!

처음과 비교할 수 없을 만큼 움직임이 가벼워진 것이다.

꿈틀.

상황을 잠깐 지켜봤다.

다가온 좀비 다수를 막아서는 아머나이트.

방패를 타격하는 소리가 들려온다.

퍽, 퍼벅.

좀비의 주먹질과 박치기가 생각보다 강했다. 한정 부활로 소환수의 능력치를 올렸지만 그래도 좀비의 수가 너무 많았다. 게다가 적대 유저들 역시 꽤 남았기에 지금 이 순간을 위기라도 해도 과언이 아니었다.

어쩌지?

그렇다고 벽을 언제까지고 두드리게 만들 수도 없었다.

그래, 차라리……!

무혁은 아머나이트에게 방어에 집중할 것을 명령한 뒤 기마궁수와 아머메이지, 그리고 아머기마병을 직접 지휘했다.

파워샷, 윈드 스톰, 썬더 라이트닝, 아이스…….

먼저 기마궁수의 뼈화살과 아머메이지의 1차 마법이 뿜어진다.

-멀티샷, 파이어 스피어, 썬더 피스트, 윈드…….

뒤이어, 부채꼴 모양으로 퍼지는 엄청난 수량의 뼈 화살과

메이지의 2차 마법이 연달아 쏟아졌다. 거기서 그치지 않고 아머기마병까지 지면을 강하게 밀어냈다.

-돌진!

가장 먼저 뼈 화살과 마법이 입구를 막아선 적대 유저의 등 뒤에 꽂혔다. 뒤쪽을 계속해서 주시하던 이가 있었지만 너무나 갑작스러운 공격이었기에 대응이 늦었다. 그 탓에 생각보다 많은 이들이 방패를 사용하지 못했다.

쾅, 콰과과광!

맨몸에 고스란히 박혀 버린 각종 스킬들.

[공헌도(21)가 상승합니다.]
[공헌도(19)가 상승합니다.]
[공헌도(26)가 상승⋯⋯.]

떠오르는 메시지만으로 적들의 피해를 가늠할 수 있었다.

좋았어!

무혁은 주먹을 쥐며 아머기마병에게 집중했다. 치솟은 폭풍을 사방으로 퍼뜨릴 정도의 강력한 기파가 발생한다. 그 기파가 아직 살아남은 적대 유저에게 충분한 피해를 입혔다.

정신을 차리기 어려울 정도의 강공 속에서, 빛이 번쩍인다.

전원, 가속 찌르기!

극한의 속도가 파괴력을 극대화시켰다.

푹, 푸욱.

누군가는 꼬치처럼 꿰어졌고 일부는 뒤로 튕겨 나갔다.

"마, 막아!"

"5조, 방어 태세 갖춰! 6조는 치유마법 전부 사용해!"

피해를 적게 받은 입구에 가까운 적대 유저들. 정신을 차리고 대응했으나 돌진 스킬로 인해 속도가 붙은 아머기마병을 멈추게 만들 순 없었다.

더, 조금 더.

결국 입구의 지척에 도달하고서야 아머기마병이 멈췄다.

"멈췄다! 둘러싸서 죽여!"

"부, 부길드장님! 입구에서 포르마 녀석들, 넘어와요!"

"9조는 입구에 집중해!"

"인원이 부족합니다!"

"빌어먹을! 버텨! 어떻게든 버티라고! 길드장님이 소환한 좀비가 금방 올 거야!"

하지만 좀비는 아머나이트의 방패에 길이 막힌 상태였다. 물론 계속되는 공격을 버텨낼 순 없었다. 한 마리씩 죽어가고 있었지만 그 속도는 결코 빠르지 않았다.

좀비를 흡수하여 강해졌고 최근 꾸준하게 무기와 방패를 강화해 줬으며 무엇보다도…….

[기마궁수7의 HP(1,134)가 회복됩니다.]

[정령의 기력(10)이 소모됩니다.]

[기마궁수8의 HP가(1,134)가 회복됩니다.]

그들을 꾸준하게 치료해 주는 암흑 치유의 정령이 존재했기 때문이다.

"부길드장님, 이 상황이면 금방 뚫립니다!"

"이런, 젠장……!"

부길드장의 안색이 파리해진다.

겨우 하루 남겨두고……!

그 역시 길드장이 어떤 상황인지 알고 있었다. 길드원에게는 비밀로 했지만 부길드장이자 현실에서도 친한 친구인 그에게는 비밀로 하지 않았던 것이다.

그렇기에 그를 위해 1주일을 버텨내려고 안간힘을 썼었다.

그런데, 이제 와서……!

상념에 빠진 사이 입구가 뚫려 버렸다.

"뚫었다!"

"이 빌어먹을 카이온 유저 새끼들!"

"다 조져 버려!"

그러나 아직 진 건 아니었다.

정신 차리자!

부길드장의 혼란스럽던 표정이 빠르게 가라앉는다. 여전히 좀비는 많았고 또한 강했다. 게다가 아직 길드원도 꽤 살아남은 상태였다.

입구로 들어오는 포르마 대륙의 유저가 많기는 했지만 버텨

넬 수준은 되었다. 무엇보다 재물만 있다면 지금의 상황을 역전시키는 것도 불가능한 건 아니었다.

그래, 할 수 있어.

큰 소리고 명령을 내렸다.

"전부 좀비 뒤쪽으로 후퇴한다!"

"후퇴, 후퇴!"

"좀비 뒤로 후퇴!"

그 길 사이에 메이지와 기마궁수가 있었지만 어차피 스킬을 모두 난사한 것으로 알고 있었다. 두려움 없이 밀어붙이니 예상대로 스켈레톤이 뒤로 물러났다. 그 와중에도 기마궁수가 기동력을 살리며 뼈 화살을 날렸지만 큰 위협은 되지 않았다.

"어서! 서둘러!"

그 모습을 시야 확보로 지켜보던 무혁.

흐음.

고민하다가 아머나이트를 그대로 뒀다. 아머기마병을 활용하여 다가오는 적대 유저의 속도를 늦추기까지 했다.

이대로 두면 앞에는 좀비. 뒤에는 적대 유저에게 포위가 되겠지만 무혁은 믿기로 했다. 입구를 뚫고서 다가오는 포르마 대륙의 아군을 말이다.

최대한 버틴다.

스켈레톤과 포르마 대륙 유저에게 포위당한 적대 유저가 모두 쓰러질 때까지만이라도.

제4장
좀비술사

부길드장의 표정이 다급해졌다.

"뚫으라고!"

"안 죽는 걸 어쩝니까!"

"나도 알아요! 그래도 뚫어요! 그래야 살 거 아닙니까!"

앞에선 스켈레톤. 뒤에선 포르마 대륙 유저가 계속해서 공격을 해왔다.

막아내는 것도 한계였다.

스켈레톤 뒤, 좀비와 길드원이 있는 곳까지만 가면 어떻게든 될 것 같은데 그게 참으로 어려웠다. 가끔 길이 나온다 싶으면 아머기마병이 어디선가 튀어나와 몸으로 막아버렸다.

무차별로 가격해도 또 다른 녀석들이 몸을 던졌다.

철저한 방어. 그리고 이어지는 공격들.

"크으으읍!"

벌써 절반 이상의 길드원이 죽었다.

정말, 어이가 없군.

하지만 동시에 탐욕이 서린다.

조폭 네크로맨서, 무혁.

유저 한 명이 소규모 전장의 흐름을 바꿔 버린다. 그 말인즉, 길드장이 좀비술사를 얻게 되면 그 역시 일당백이 된다는 소리였다. 자연스럽게 길드의 위치 역시 고공으로 솟구칠 것이다. 부길드장인 자신의 입지도 단단해질 것이고.

그러니까 버텨야 돼!

서서히 광기에 서린 시선으로 검을 그었다.

카가강!

눈앞에 있는 아머나이트.

"죽어, 이 뼈다귀 새끼야!"

힘을 가해 방패를 두드리고. 충격에 방패가 살짝 내려가는 순간 스킬을 사용했다. 빛과 같은 속도의 찌르기로 아머나이트의 얼굴을 부숴 버릴 작정이었다.

섬광 찌르……!

안타깝게도 검을 내뻗기 직전 측면에서 튀어나온 기파가 몸을 휩쓸었다.

어어?

세상이 빙그르르 돌았다. 그런 부길드장의 등 뒤로 다수의 화살이 꽂혔다.

콰아아앙!

HP가 순식간에 바닥까지 떨어진다.

으, 으어어……

그러나 아무런 생각도 들지 않았다.

그저 어지러울 뿐. 그사이 또 다른 공격을 적중되면서.

[사망하셨습니다.]

꽤 많은 스켈레톤이 역소환 당했다. 아쉽긴 하지만 그래도 덕분에 포위하고 있던 유저를 전부 처리할 수 있었다.

이제 남은 것은 아머나이트가 막아서고 있는 좀비와 그 뒤쪽 유저들, 그리고 어딘가에 숨어 있을 좀비술사가 전부였다.

"일단 벽부터 부수죠?"

"그게 좋겠어요!"

그때 유라와 김지연이 선도하여 다른 유저를 이끌었다.

"좋아요. 무혁 님부터 구하자고요."

"아, 탱커 분들은 좀비랑 유저들 좀 막아주세요!"

"알겠습니다!"

유저들이 나뉘었다. 탱커 유저는 아머나이트와 아머기마병의 옆으로 향했고, 공격 계열 유저는 벽면을 바라봤다. 그 뒤로 기마궁수와 아머메이지가 위치했다.

"공격!"

쾅, 콰과과광!

그러나 벽은 쉽게 흔들리지 않았다.

"언제 무너지는 거야!"

"조금만 더 해봐요."

"벌써 쿨타임 두 번이나 돌아올 동안 공격했다고요!"

"탱커 계열 유저도 위험해요!"

"그럼 딱 1분만 더 해봐요!"

"후, 알겠습니다."

유저들이 힘을 합쳐 또다시 스킬을 난사한다.

대략 30초가 더 흘렀을 즈음.

쿠구구구궁.

"오오, 무너지나?"

"멈추지 마세요!"

뒤이어 아머메이지의 1차 마법이 그 순간 쏟아졌고 폭발과 함께 드디어 벽이 무너져 내렸다.

솟구치는 먼지를 마법사가 윈드 마법으로 날려 보냈을 때.

"됐어……!"

방패로 전신을 가리고 있는 무혁과 성민우. 그리고 살아남은 유저들을 확인할 수 있었다.

"후우."

방패를 치운 무혁이 미소를 지었다.

"오빠!"

"그래, 드디어 무너졌네."

"괜찮아?"

"괜찮지. 그보다 전투부터 끝내자."

"응!"

"자, 다들 좀비랑 남은 유저들 정리합시다!"

"오오, 좋아요!"

"역시 무혁 님이 있어야 뭔가 된다니까."

모두들 좀비가 위치한 방향으로 나아갔다. 이미 아머나이트와 아머기마병은 절반 이상 역소환을 당한 상태였다. 아직 남은 나머지 녀석들도 HP가 간당간당했다. 그렇기에 머뭇거리지 않고 소환수 흡수 스킬을 사용했다.

[소환수의 능력 일부를 흡수합니다.]
[흡수할 소환수를 선택해 주십시오.]

아머나이트와 아머기마병을 선택하자 거대한 기운이 녀석들에게서 뿜어졌다. 그것들이 무혁에게 흡수되었다.

[10분간 모든 능력치가 대폭 상승합니다.]

이제 아머나이트와 아머기마병이 할 일은 없었다. 무혁과 유저들 그리고 기마궁수와 아머메이지면 충분했다.

수고했다.

그렇다고 일부러 역소환을 할 필요까지는 없었기에 구석구석 아머나이트와 아머기마병을 채워 넣었다. 그 상황에서 좀비와 남은 카이온 유저를 바라보니 절로 웃음이 나온다.

이미 상황은 명백했다. 누가 봐도 포르마 대륙의 승리였던 것이다.

물론 변수는 남아 있었다.

좀비술사. 좀비와 적대 유저를 빠르게 정리하고 그를 찾아보기로 했다.

한편.

몰래 바깥 상황을 확인한 길드장 바쿠는 뻗치는 분노를 참지 못하고 몸을 부들거리며 떨었다.

"이, 이이……. 한심한 새끼들!"

여기까지 와서 소도시를 빼앗길 순 없었다.

제물로 바친 것만 얼만데!

문제는 이제 제물로 바칠 아이템이 거의 없다는 점이었다.

아니, 있긴 하지.

바쿠는 짜증을 숨기지 않은 채 착용하고 있던 아이템을 석상 앞, 작은 구멍에 내려놓았다.

반지, 목걸이, 팔찌, 그리고 장갑과 신발까지. 그것만으로는 부족했기에 인벤토리를 싹싹 긁어서 겨우 수량을 채울 수 있었다.

"빌어먹을."

그러자 구멍에서 빛이 새어 나왔다. 동시에 아이템이 사라졌다.

[좀비술사(임시)의 힘을 획득합니다.]
[한 가지 스킬을 사용할 수 있습니다.]

이제 더 이상 재물도 없었기에 신중해야만 했다.

뭘 사용하지?

지금의 이 상황을 역전시킬 수 있는 스킬이어야만 했다.

스킬창을 열어 하나씩 세심하게 살피던 바쿠의 눈동자에 순간 흥분이 서린다.

호오? 이거, 엄청나잖아?

그러나 즉흥적인 결정은 금물이었다. 차분하게 다시금 살핀다.

다른 스킬을 역시.

곰곰이 따지고서야 고개를 끄덕였다.

그래, 이거면 충분해.

그제야 해당 스킬을 선택했다.

[……을 사용합니다.]

충분히 상황을 역전시킬 수 있을 것이란 생각을 하며 웃음을 머금었다.

하늘에 먹구름이 드리운다.

"뭐야? 갑자기 소나기?"

"먹구름은 아닌 것 같은데요?"

"어? 아니라고요?"

자세히 보니 그건 먹구름과는 비교할 수조차 없는 어두운 기운, 그 자체였다.

"지, 진짜네."

"미친, 그럼 저게 뭐죠?"

기운이 좀비의 머리 위에서 멈추더니 이내 붉은 비를 뿌리기 시작했다.

"불길한데……."

좀비술사를 알고는 있지만 그 직업에 관해 모든 걸 꿰뚫고 있진 못했다. 그냥 좀비를 다량으로 소환한다는 것과 생각보다 스킬이 까다롭다는 정도만 어렴풋이 기억하는 수준이었다. 그 직업의 유저가 한 명밖에 없었고, 또 해당 유저가 끝끝내 정보에 관해 감춘 까닭이었다.

별수 없지.

제대로 대응할 방법이 떠오르지 않을 때는 스켈레톤을 희생시키면 된다.

"유저는 뒤로 물러나세요!"

"네?"

"뭔가 좀비가 심상치 않잖아요. 일단 뭔지 보자구요."

"아, 네!"

"다들 물러섭시다!"

HP가 얼마 남지 않은 아머나이트와 아머기마병이 전진했다.

그즈음 피보다 더 붉은색의 비가 모든 좀비를 완벽하게 물들였다. 좀비의 전신이 꿈틀거리기 시작했다. 그것은 점차 심해지더니 당장에라도 터질 것처럼 격하게 변했다.

좀비 자체가 커졌다 줄어들기를 반복하는 느낌이었다.

그워어어어!

무시무시한 박동과 함께 좀비 한 마리가 달려들었다.

아머나이트22, 앞으로.

좀비 무더기를 향해 아머나이트가 나아간다. 뒤이어 좀비와 부딪혔고 엄청난 폭발과 함께 아머나이트가 가루로 변해 버렸다.

['아머나이트7'이 역소환됩니다.]

당연히 죽을 거라곤 생각했지만 저렇게까지 산산조각이 나는 건 거의 처음 보는 장면이었다.

"미친, 자폭이라고?"

"저 좀비들 자폭하려고 오는 거야?"

"와, 개 어이없네, 진짜."

뒤이어 다른 좀비가 아머나이트의 방패와 부딪혔다.

쾅, 콰아아앙!

처음과 마찬가지로 좀비의 몸이 터졌다.

[아머나이트11이 8,700의 대미지를 입습니다.]

방패로 막았음에도 8,700의 HP를 잃었다. 말도 안 되는 대미지였다.

뭔가가 있나?

무혁은 급히 아머나이트11을 지휘하여 방패를 내리도록 만들었다.

콰아아앙!

[아머나이트11이 15,000의 대미지를 입습니다.]

방패로 막지 않으니 겨우 15,000이 줄었다. 아니, 사실 겨우라고 말하기엔 어울리지 않는 대미지였지만 방패로 막았을 때와 비교한다면 분명 이해할 수 없는 수치였다.

으음.

아무래도 자폭이라는 스킬 자체가 방패에 붙은 충격흡수율을 꿰뚫는 모양이었다. 그게 아니라면 설명할 길이 없었다.

아무튼 좋은 걸 알아냈어.

막지 않으면 15,000, 막으면 8,700가량.

그게 좀비 자폭의 피해량이었다.

"더 뒤로 물러납시다!"

"아, 네!"

"그리고 소환계열 유저분들, 소환수 불러내서 좀비한테 붙이세요!"

"알겠습니다!"

그러면서 한 가지 실험을 더 했다.

파앙!

먼 거리의 좀비를 겨냥한 채 화살을 날려 보낸 것이다.

[6,211의 대미지를 입힙니다.]
[속성 타격(359)이 발동합니다.]

피해가 들어갔지만 좀비는 터지지 않았다.

일단 때리는 것만으론 터지지 않고.

한 가지 정보를 알아내었지만 아직은 부족했기에 스킬을 사용하여 같은 녀석을 노렸다.

풍폭, 파천궁술 제1초식 일점사.

콰아아앙!

폭발과 함께 놈의 몸이 짓이겨진다.

[경험치를 획득합니다.]
[공헌도⋯⋯.]

직후 녀석의 몸이 크게 팽창하더니 터져 나갔다.

쿠우웅!

자폭 스킬이 튀어나온 것이다.

죽으니 터지는군.

그렇다면 확인할 게 하나 더 생기게 된다. 무혁은 마침 아머나이트에게 달려가는 좀비를 발견하고는 화살을 꺼내어 시위에 걸었다. 아머나이트에게 부딪히지 않을 거리. 하지만 분명두 개체의 거리가 가깝다고 할 수 있는 상황에서.

파앙!

놈을 겨냥하고 있던 시위를 놓았다.

[6,209의 대미지를 입힙니다.]
[속성 타격(358)이 발동합니다.]

이번에는 죽지 않았음에도 불구하고 놈이 자폭했다.

"알겠네."

"엥? 뭘 알아?"

성민우의 물음에 대답하는 무혁.

"자폭 스킬도 상황에 따라 터진다는 거지."

"음? 뭔 소리야?"

"원거리 공격으로 놈들을 죽일 수 있다는 소리야. 단, 근처에 포르마 유저나 그 유저의 소환수가 있으면 안 되는 거고. 그러면 죽지 않을 공격에도 좀비 놈들이 터지거든."

"아, 그래서 처음에 좀비가 달려들어서 부딪히기만 했는데도 터진 거구만? 가까운 거리에 네 스켈레톤이 있어서."

"그렇지."

그 사실을 모든 유저에게 알려줬다.

"오호, 그러면······."

"원거리 유저가 나서면 되겠는데요?"

수긍하는 유저에게 지시를 내렸다.

"근접 유저는 일단 뒤로 빠지시구요. 원거리 유저는 다섯 명이 조를 하나씩 짜도록 하죠. 한 조는 좀비 한 마리를 맡습니다. 집중적으로 공격해서 죽이는 걸로 갑시다. 소환수와 가까운 좀비는 어차피 달려와서 부딪힐 테니 무시하고 멀리 있는 녀석부터 처리해 가는 걸로 하면 되겠네요."

"알겠습니다!"

"잘해보자고요."

이미 무혁의 지휘권을 인정한 상황이었기에 유저들은 대동단결하여 움직였다. 순식간에 조를 이루더니 좀비에게 공격을 퍼붓기 시작한 것이다. 물론 스켈레톤과 가까운 좀비는 건드리지 않았다. 놈들은 알아서 달려와 스켈레톤의 방패에 부딪혀 자폭했으니까.

쾅, 콰아아앙!

자폭으로 인한 폭발 소리. 공격으로 인한 굉음. 그리 많지 않은 카이온 적대 유저들의 악에 외친 고함까지.

공간이 소음으로 가득 찼다.

5분은 지났을까.

포르마 대륙 유저의 표정이 살짝 불안해졌다.

"좀비가 많아도 너무 많은데요?"

"죽여도 죽여도 끝이 없네요."

"물론 많이 줄어든 건 알겠는데, 어후……."

그에 반해 소환수는 대부분이 폭발의 여파에 휩쓸려 역소환을 당했다.

"이대로 가면 위험하겠죠?"

"좀비 자폭 범위가 정말 까다롭네요."

그 와중에도 남은 소환수가 빠르게 줄어든다.

"이대로 두면 금방 길이 뚫립니다!"

"어떡할까요, 무혁 님?"

모두들 무혁을 바라보는 상황.

하, 어쩔 수 없나.

더 이상 머뭇거릴 수 없었다.

[소환수 흡수]

[남은 시간 : 215초.]

소환수 흡수의 힘이 사라지기 전에 상황을 종결시켜야만 했기 때문이다.

"자, 집중해 주세요!"

"아, 네."

"무혁 님, 방법이라도 있나요?"

"한 가지 있긴 한데. 확신은 못 합니다. 그래도 해봐야죠."

"오오, 역시!"

"어떻게 하면 되죠?"

"일단 치유 계열 유저분들?"

"아, 네!"

"전부 나와 주세요."

24명이 무혁의 앞에 위치했다.

"제가 좀비를 다수 터뜨릴 겁니다."

"네……?"

"그러니 여러분은 저한테 치유마법을 집중해 주시면 됩니다. 지금 자리에 있는 순서대로 사용해 주시되, 제가 손가락을 들어 올리는 숫자만큼 사용해 주세요. 제가 손가락 두 개를 들면 좀비들이 폭발한 직후 두 분께서 치유 마법을 써주시면 됩니다."

"아, 네, 네에."

"절대 타이밍이 늦으면 안 돼요. 좀비가 폭발한 직후에 써주셔야 합니다. 너무 빨리 써버리거나 너무 늦게 써버리면 제가 위험해질 수 있으니까요."

"그, 그럴게요."

그들이 고개를 끄덕인다.

"그럼 믿고 갑니다."

그 말을 남기고 지면을 차는 무혁.

파밧.

방패를 꺼낸 후 손가락 하나를 펼쳤다.

이후 좀비 한 마리를 밀쳤다.

그리고 놈이 자폭하는 순간 강력한 힘이 무혁을 밀어냈다.

[5,600의 대미지를 입습니다.]

방어력은 물론이고 충격흡수가 높아서 아머나이트보다는 피해량이 낮은 편이었다. 물론 그렇다고 5,600이란 대미지가 적은 건 아니었다.

[HP(5,600)가 회복됩니다.]

그 순간 HP가 차올랐다.
좋아.
타이밍은 나쁘지 않았다.
스윽.
무혁은 바로 손가락 세 개를 펼쳤다. 이후 좀비 세 마리가 뭉친 곳으로 나아갔다. 놈들이 무혁에게 달려들었다. 타이밍을 맞춰 방패로 한 녀석을 가격하자 좀비 세 마리가 연쇄적으로 폭발을 일으켰다.

[5,600의 대미지를 입습니다.]×3
[HP(5,600)가 회복됩니다.]×3

HP가 4만이 넘어서 아직은 여유가 있었다.

그 순간 주변 좀비가 달려든다.

파밧.

백호보법을 펼쳤지만 모든 좀비를 피하는 건 무리였다. 결국 한 녀석과 부딪혔는데 그 순간 무혁은 급히 손을 들어 손가락 다섯 개를 들었다.

쾅, 콰과과과광!

좀비가 연이어 터져 나갔다. 연쇄 폭발이었다.

쉴 새 없이 터지는 와중에도 무혁은 HP에 집중했다.

순식간에 3만이 줄어들고 다시 차오른다.

하지만 또 다른 폭발로 순식간에 2만 이상이 날아갔다.

익스체인지.

급히 스킬을 사용해 HP를 보충했다.

윈드 스텝.

급히 뒤로 물러나는 와중에도 몇 번의 폭발로 인해 HP를 잃었다. 폭발의 여파에서 완전하게 빠져나온 무혁이 손가락 3개를 펼쳤다. 그러곤 조금 떨어진 곳에 위치한 좀비 한 마리에게 달려들었다.

[5,600의 대미지를 입습니다.]

[HP(6,755)가 회복됩니다.]

[HP(6,330)가 회복됩니다.]

[HP(2,910)가 회복됩니다.]

HP를 가득 채운 무혁이 다시 손가락을 들었다.

이번에는 둘.

그렇게 주변 좀비를 확인한 후 숫자에 맞춰 손가락을 들고 자폭 공격을 막아내고, 회복받기를 수차례.

위험한 순간을 극복한 덕분일까.

"후아……."

어느새 좀비 200여 마리가 사라져 버렸다.

"무혁 님! 저희 쿨타임입니다!"

"치유 마법이 하나도 없어요!"

뒤에서 들리는 소리에 자리에 멈춰서 뒤로 물러났다.

무혁이 복귀하자 모두들 다가와 감탄사를 늘어놓았다.

"진짜 대박이네요. 완전 짱이에요!"

"와, 혼자서 정말……."

상당한 시간을 버텼지만 그 탓에 소환수 흡수 유지시간이 끝나 버렸다. 무혁은 아쉬운 마음을 애써 내려놓은 채 유저들을 쳐다봤다.

"혹시 소환 쿨타임 돌아오신 분 있으신가요?"

"아, 네!"

"저도 돌아왔어요."

"저두요."

"그럼 소환수로 다시 좀비들 좀 막아주세요."

"알겠습니다!"

무혁의 활약 덕분에 상황이 한결 나아졌다. 무려 200마리의 좀비를 처리했으니 당연한 일이었다. 덕분에 여유도 좀 생겼고. 그 와중에 유저들 일부의 소환수 쿨타임이 돌아왔다.

"저도 돌아왔습니다!"

소환수가 죽어가는 숫자만큼 새로운 소환수가 나타나 좀비의 자폭을 막아냈다.

"카이온 용병 놈들도 얼마 안 남았어!"

"조금만 더 힘내자고!"

원거리 공격이 가능한 유저들도 공격을 멈추지 않았다.

아머아처, 파워샷. 아머메이지, 전원 마법 공격. 기마궁수와 아머메이지의 활약도 대단했다.

[공헌도(1)가 상승합니다.]

[공헌도(29)가 상승합니다.]

[공헌도…….]

얼마간의 대치를 통해 좀비를 처리하던 무혁이 냉정하게 상황을 살폈다.

적대 유저는 열 명 남짓. 남은 좀비는 대략 100마리 정도.

우리는?

일부 유저가 몇 마리의 소환수를 불러냈다.

"나도 이제 가능해!"

"오빠, 나도!"

성민우의 정령과 예린의 다람쥐까지.

승기가 넘어왔다.

급히 숭고한 전투 주문서를 꺼내어 찢었다.

[숭고한 전투 주문서가 사용되었습니다.]

[결계가 설치되었습니다.]

[아군을 파악합니다.]

[적군을 파악합니다.]

[한쪽이 몰살될 때까지 결계는 사라지지 않습니다.]

[로그아웃을 시도할 수 없습니다.]

한 명이라도 로그아웃하게 둘 수 없었으니까.

다른 이유도 있었다. 좀비술사나 함정을 설치한 유저는 반드시 처리하고 싶었기 때문이다. 괜히 도망치게 뒀다가 뒤통수라도 맞으면 정말로 짜증이 날 것 같았으니까.

물론 그들이 전투에 휩쓸려 죽었을지도 모르지만 아닐 가능성이 더 높았다.

그러니 최소 한 명, 혹은 두 명.

그들을 찾아낸 후 처리하면 끝이 나리라.

"자, 조금만 더 힘을 냅시다!"

마지막이 보여서일까.

남은 힘을 억지로나마 긁어모았다.

"가즈아아아!"

"우오오!"

좀비의 숫자가 빠르게 줄어들었다.

70, 60, 50마리.

남은 적대 유저들도 한 명씩 죽어갔다.

이윽고 얼마 남지 않은 좀비에게 남은 소환수 전원이 달려들었다.

콰과과과과광!

"끝이다!"

깔끔하게 정리가 되었다.

바쿠는 석상실에서 나와 몰래 위쪽 상황을 살폈다.

젠장……!

길드원이 모두 죽어버렸다. 좀비도 마찬가지였고.

그에 반해 살아남은 포르마 대륙 유저가 생각보다 많았다. 더욱 문제는 일부 유저가 쉬지 않고 이리저리 움직이면서 무언가를 찾고 있다는 사실이었다.

설마 나를……?

불안함에 심장이 요동쳤다.

두근, 두근.

이곳을 발견한 것은 지극히 운이었다.

그래, 그랬지. 그러니까…….

저들 역시 시간이 꽤 오래 걸릴 것이다.

이제 하루도 남지 않았다. 그 시간만 이곳에서 버텨내면 좀비술사의 힘을 얻게 된다. 물론 S등급의 목표는 실패했지만 아직 A등급의 목표가 남아 있었다.

그러니 제발!

그러다 혹시나 하는 마음으로 함정을 설치해 보기로 했다.

뭔가 변화라도 생기지 않았을까?

그러나 기대는 산산조각 부서졌다.

[함정 설치가 불가능한 지역입니다.]

역시나 전과 똑같은 메시지가 떠오른 것이다.

젠장!

계단을 통해 내려와 다시 석상 앞에 위치했다.

[남은 시간 : 21시간 51분 33초]

시간은 지금도 흘러갔다.

1초, 또 1초.

그러나 견딜 수 없을 정도로 더뎠다.

미치겠군, 정말.

이 힘만 얻으면 당당하게 나서서 놈들과 대적할 자신이 있었다. 물론 이기진 못하겠지만 그렇다고 허무하게 패배할 거라는 생각도 들지 않았다.

얼마나 시간이 지났을까.

5분? 아니면 10분?

조금씩 긴장이 가라앉으면서 이성이 차오른다.

차분해지고, 냉정해졌다.

"후우, 그래."

이곳을 찾는 건 정말 어려운 일이다.

희망은 아직 사라지지 않았다.

차분하게 있자, 차분하게.

이것저것을 하면서 시간을 보냈다.

어느새 20분이 흘렀다. 그럼에도 어떤 징조도 보이지 않는다. 조금씩 자신감이 차오른 그가 적대 유저의 움직임을 확인하기 위해 다시 한번 계단을 올랐다.

한편 20분가량 세심하게 살폈음에도 좀비술사나 함정을 설치한 유저는 보이지 않았다. 분명 전투를 하면서 해당 직업군 유저가 있었던 것 같지는 않았으니 참으로 이상한 일이었다.

주문서를 사용하기 전에 도망친 건가?

그럴 가능성도 있었다.

무혁은 고민하다가 유저들을 불렀다.

"뭐, 일단은 좀 쉴까요?"

"좋죠. 안 그래도 힘들었어요."

"으으, 좀 찝찝하긴 한데 일단 휴식이 먼저 같네요."

"좋습니다. 그럼 쉽시다."

그제야 유저 모두가 바닥에 털썩 앉았다.

무혁도 마찬가지였다.

옆으로 성민우와 예린, 김지연이 자리를 잡았다.

"이번 전투는 좀 힘들었지?"

"조금? 어우, 미친. 더럽게 빡세더만."

"오랜만에 민우 오빠 말에 동의."

"나, 나두⋯⋯."

김지연까지 지친 기색이 역력했다.

"뭐, 그래도 이겼으니까."

그들에게로 유라와 남성 MC인 성호, 그리고 촬영 팀이 다가왔다.

"고생했어요."

"뭘요."

"힘들었지만 그래도 좋은 장면이 많이 나왔네요."

"그래요?"

"네, 앞으로도 잘 부탁드려요."

유라의 인사에 다들 기분 좋게 웃었다.

"그럼 쉬세요."

"네, 유라 씨도요."

그렇게 각자만의 휴식을 취하길 10분.

히드라 소환. 스컬 스네이크 소환.

꿈틀거리는 녀석들을 사방으로 보낸 후 시야 확보 스킬로 이곳저곳을 살폈다. 꼼꼼하고 세심하게 훑었음에도 나오는 건 아무것도 없었다.

하지만 포기하기엔 꺼림칙했다.

뭐랄까, 전투가 악착같은 느낌이었어. 무언가를 지키기 위한?

착각일지도 모르지만 무혁은 스스로의 감이 생각보다 잘 들어맞는다는 사실을 알고 있었기에 쉽게 지나치지 않았다.

조금만 더 살펴보자.

스컬 스네이크를 다시금 퍼뜨리면서 시야 하나하나에 집중했다.

그 순간이었다. 무혁이 고개를 갸웃거렸다.

스컬 스네이크, 정지.

뭔가 바뀐 기분이다. 그런데 그게 뭔지 알 수 없었다.

차분하게 하나씩 확인했다. 하지만 아무리 봐도 바뀐 부분을 알아낼 수 없었다. 도대체 뭘까 싶은 의문이 솟구치는 순간 다시 한번 변화를 맞이했다.

어엇……!

벽면 아래, 어두웠던 작은 구멍의 색깔이 바뀐 것이다.

어떻게 된 일인지 직감했다.

눈동자!

누군가가 저 구멍으로 바깥 상황을 확인한 것이리라.

벽 뒤에 공간이 있었던 거야.

확신과 함께 몸을 일으켰다.

"오빠, 어디 가?"

"아직 카이온 유저가 살아 있어."

"웅? 무슨 소리야?"

"찾았거든."

그 말에 성민우, 예린, 김지연이 자리에서 벌떡, 일어났다.

"차, 찾았다고? 유저를?"

"어."

"와우, 대박. 앉아서 찾아버리네."

그 모습을 주시하던 유라와 성호도 무언가 심상치 않은 기운을 감지한 것인지 급히 다가왔다.

"무슨 일 있나요?"

"아, 스컬 스네이크로 주변을 탐색하게 했거든요."

"그런데요?"

"유저가 숨은 곳을 발견했어요."

"네……?"

무혁은 유라의 의문을 풀어주지 않은 채 급히 구석진 성벽으로 다가갔다. 뒤를 쫓아가는 이들.

"여기야?"

"어."

자리에 멈춘 무혁이 성벽을 이리저리 만졌다.

분명히 작동하는 장치가 있을 텐데.

무혁과 일행, 그리고 촬영 팀이 뭉쳐 있었던 탓일까. 구경하던 일부 유저들도 다가왔다. 그들은 촬영 팀이 하는 소리를 듣고서는 고개를 끄덕였다.

"지금 비밀스러운 장소를 발견한 모양이에요."

"어떻게 찾은 거죠?"

"스컬 스네이크를 통해서라고 하더라구요."

"스컬 스네이크가요?"

"네, 시야 공유 스킬을 통해서 무혁 유저가 이상한 점을 발견한 것 같아요."

"대단하네요."

"아마 이곳에 좀비를 소환하고 또 함정을 설치한 유저가 있지 않을까, 조심스럽게 추측해 보고 있는데, 성호 씨는 어떻게 생각하세요?"

"으음, 정말 비밀스러운 장소라면 그렇지 않을까요?"

마침 무혁이 만지던 벽이 쑤욱 들어갔다.

"어? 찾은 모양인데요!"

작은 진동이 이어지고.

그르릉.

지하로 내려가는 계단이 나타났다.

이로써 확실해졌다. 이 아래에 한 명이든 두 명이든 적대 유저가 존재할 것이 분명했다.

"가보죠."

무혁이 먼저 계단 아래로 내려갔다. 얼마나 내려갔을까. 저 멀리 작은 문이 보였다.

끼이익.

문은 쉽사리 열렸다.

[좀비술사의 안식처를 발견하셨습니다.]

[이곳에서는 재물을 바탕으로 좀비술사의 힘을 빌려 사용할 수 있으며 또한 시험을 거쳐 온전히 획득할 수도 있습니다. 좀비술사의 힘은 기존의 힘에 어떠한 영향도 주지 않습니다. 그저 더해질 뿐입니다.]

[경고합니다. 이미 과정이 진행되고 있습니다. 과정을 초기화하여 시험을 치르기 위해서는 시험을 치고 있는 해당 유저를 죽여야 합니다.]

다시 확인한 결과, 저들은 조금도 눈치 채지 못하고 있었다.

다행이야.

바쿠는 안도하며 다시 한번 남은 시간을 확인했다.

[남은 시간 : 21시간 28분 33초.]

여전히 21시간이 넘게 남았다.

더럽게 느리네, 진짜.

그 순간 미미한 진동이 느껴졌다.

바쿠의 눈썹이 꿈틀거렸다.

설마……?

급히 석상의 뒤에 몸을 숨겼다.

젠장, 정말로 오면 어쩌지?

사실 전투 계열 유저라면 한 명만 되어도 버거운 게 사실이었다. 아이템도 대부분 재물로 사용한 상태였고 함정사라는 직업이 가진 한계이기도 했다. 미리 준비한다면 수십, 수백을 상대할 수 있지만 준비가 없다면 한 명도 힘겨운 것이다.

끼이익.

이윽고 문이 열리고.

빌어먹을!

나타난 이를 확인하는 순간 바쿠는 속으로 욕을 내뱉었다.

하필이면 무혁이라니.

아니, 그게 문제가 아니었다.

"여기야?"

"석상도 있고, 완전 특이하다."

그 뒤로 유저들이 우르르 따라서 들어왔다.

그제야 현실을 받아들였다.

끝났구나.

더 이상 버틸 수 없다는 걸 인정했다.

마침 무혁이 석상으로 다가왔다.

"여기 있었네."

"후우."

바쿠를 발견한 무혁.

상황은 이미 메시지창을 보는 순간 파악이 끝난 상태였다.

함정사가 이곳에서 좀비술사의 기술을 빌려왔다는 사실과 지금은 그 힘을 온전히 얻기 위한 과정에 있다는 것까지도.

"이제 끝내자."

그 과정이 뭔지 모르는 이상, 빨리 죽이는 게 좋았다.

좀비술사라. 예상치 못한 일이었지만 기회가 온 이상 반드시 손에 넣어야 할 힘이었다.

풍폭, 십자베기.

단검을 꺼내어 휘둘렀다.

카가강!

바쿠는 포기했는지 공격을 피하지 않았다.

희망이 없었으니까.

연이어지는 공격을 가만히 받아들였다.

[공헌도(33)가 상승합니다.]
[힘(0.0218)이 상승합니다.]

간단하게 바쿠를 처리했다.

[좀비술사의 시험을 치르는 대상자가 사망했습니다.]
[좀비술사의 시험이 초기화됩니다.]
[대상자를 처치한 공로로 시험 대상자가 되었습니다.]

[S등급 목표 : 소도시를 빼앗기지 않을 것]

[성공할 경우 : 좀비술사의 모든 힘.]

[A등급 목표 : 1주일간 죽지 않고 버틸 것.]

[성공할 경우 : 좀비술사의 힘 일부.]

직후, 떠오른 내용을 보며 미소를 그렸다.

다른 유저에겐 홀로그램이 떠오르지 않은 모양이었다.

"저한테만 뜬 모양이네요."

무혁은 유저들을 앞에 두고서 일어난 일을 알려줬다.

"……해서 시험을 치르게 되었습니다."

직접 얻어낸 히든 피스였다. 부정한 방법을 사용한 것도 아니었고. 그러니 숨길 생각은 없었다. 그로 인한 결과 역시 책임질 생각이었으니까. 무엇보다도 단순히 숨겨서는 결코 1주일을 이곳에서 버텨낼 수 없었다.

"좀비술사의 힘이요?"

"네."

"허어……."

일부 유저의 눈에 탐욕이 서렸다.

만약 덤빈다면?

안타까운 일이지만 그냥 빼앗길 생각은 없었다. 당연히 싸워야 할 것이고, 그렇게 되면 결코 봐주지 않을 것이다.

무혁 역시 좀비술사의 힘은 탐이 났으니까.

그러나 다행이라고 해야 할까.

"무혁 님이 젤 고생했으니까요."

"맞아요. 엄청나게 부럽기는 한데, 사실 자격은 있죠."

"인정합니다."

생각보다 많은 이가 무혁이 얻은 것을 인정해 줬다.

"크, 역시 대단해. 행운의 여신이 너만 좋아하나 보다."

"그럴지도?"

"으, 부러운 자식!"

"부러우면 넘겨주랴?"

"뭐? 됐어, 인마."

성민우의 경우에는 무혁이 얻은 것에 대해 욕심을 내지 않았다. 무엇보다 본인이 얻지 못했다고 해서 시기하지도 않았다. 부러워한다는 저 표정도 그저 장난의 일부일 뿐이었다.

성민우는 진심으로 무혁을 축하해 주고 있었다. 입가에 그려진 미소만 봐도 알 수 있었다.

"오빠, 완전 축하해!"

"추, 축하해요, 오빠."

"벌써부터 축하는 무슨. 시험에 통과해야지."

예린과 김지연도 마찬가지였다.

"으음."

그러나 끝내 욕심을 이기지 못한 자도 존재했다. 팔라딘 직업을 가진 유저, 푸른바다였다.

"만약 무혁 님이 죽으면 어떻게 되죠?"

"리셋이 되죠."

"저도 그 시험을 치를 자격이 있다고 생각하는데요."

"그 말, 책임질 수 있습니까?"

"당연하죠."

"자신은 있고요?"

"지금이라면, 충분히요."

그러곤 뒤를 바라보며 유저들을 흔들었다.

"여러분도 자격이 있지 않나요? 지금까지 함께 전투했는데 누구는 저런 히든 피스를 얻고, 누구는 바라봐야만 하는 게 불공평하잖아요? 지금 같이 나서는 게 어떨까요? 이런 일에 있어서는 공정해야죠. 안 그래요?"

"으음, 저 말도 맞긴 하지."

"그럼, 나도 참가해 볼까."

유혹에 빠진 십여 명의 유저가 앞으로 나섰다.

무혁은 서늘한 시선으로 그들을 쳐다봤다.

그때 어디선가 굵은 목소리가 터졌다.

"쯧, 욕심만 많아서는."

"……"

멋들어진 갑옷을 걸친 중년의 사내, 김청식이었다.

"지금까지의 전쟁에서 누가 가장 많은 공헌을 했는지, 조금만 생각해도 답이 나오지 않나? 무혁 유저가 없었으면 지난 수십 번의 싸움에서 허무하게 패배했을 전투만 해도 몇 개나 될 것 같은가? 무엇보다⋯⋯."

중년의 유저가 앞으로 나선 이들을 쳐다봤다.

"지금 자네들이 앞으로 나선 그 행동이 어떤 결과를 초래할지, 알고는 있는 거겠지?"

"네? 그게 무슨⋯⋯."

"무혁 유저를 적으로 돌린다는 소리잖나."

"예? 아니, 저는 그냥 저희도 자격이 있다는⋯⋯."

"그 자격을 얻으려면 무혁 유저를 죽여야 하는데? 그럼 무혁 유저가 그냥 죽어준다든가?"

"어, 그건⋯⋯."

"한심하기는."

김청식 유저의 말에 몇 명이 움찔거렸다. 앞으로 나선 이들 중에 네 사람은 머리를 긁적이면서 슬금슬금 뒤로 물러섰다. 그러나 여전히 자리에서 움직이지 않는 이들도 있었다. 가장 처음 나섰던 푸른바다와 여섯 명의 남성 유저였다.

총 일곱 명. 그들의 눈빛에 담긴 욕망은 여전했다.

"청식 형님, 이제 괜찮습니다."

"크흠, 알겠네."

무혁의 말에 중년의 유저가 물러났다. 모두의 시선이 무혁에게 집중된 가운데. 그는 앞으로 나선 일곱 명의 유저를 바라보며 입을 열었다.

"시험을 치를 자격이 있다고 했죠?"

"맞아요."

"우리도 자격이 있으니까요."

무혁이 고개를 끄덕였다.

"그렇군요. 앞서 청식 형님이 말했던 것처럼, 내가 죽어야 그 시험이 초기화됩니다."

"……"

"긴말은 않겠습니다. 지금부터 우린 적입니다."

마지막 말과 함께 지휘 권한을 사용했다. 몇 가지 목록이 떠올랐는데 그중에서 즉결 처분의 권한을 택했다.

대상자는 눈앞에 있는 일곱 명의 유저.

[즉결 처분에 관하여 어떠한 불이익도 받지 않습니다.]

알림을 확인한 후 지면을 찼다. 가장 전방에 위치한 유저에게 다가가면서 단검을 꺼내어 휘둘렀다.

카가각!

공격을 당한 유저는 당황한 표정을 역력하게 드러냈다.

그러나 무혁은 봐줄 생각 따위는 조금도 없었다. 이미 즉결 처분의 권한까지 사용한 마당이었다. 이들을 죽여도 어떤 불이익도 받지 않기에 망설임 없이 전력을 드러냈다.

백호검법 제1초식, 백호결.

등 뒤에서의 대미지가 제대로 들어갔다.

[크리티컬이 터집니다.]

크리티컬까지 터졌으니 버틸 재간은 없었다.

"가, 갑자기 이렇게······."

상대 유저는 허물어지더니 연기가 되어 흩어졌다.

백호보법.

곧바로 몸을 틀어 다른 유저의 측면을 점했다.

백호검법 제2초식, 백호파.

이번에 상대하는 유저도 제대로 대응하지 못했다. 애초에 기본 스탯에서도 차이가 났고 강화도의 차이 역시 심각했다.

저들이 무혁을 이길 가능성은 없는 것이다. 아마도 이들은 단순히 아군이었다는 이유만으로. 그러니 설마 죽이기야 하겠냐는 생각으로 나선 것이겠지만 그건 아주 큰 실수였다.

일루전은 힘을 숭상하는 세계. 약자는 짓밟히고. 강자는 일어서는, 약육강식의 표본임을 무혁이 가장 잘 알고 있었다.

머뭇거림 따위 없었다.

픽, 퍼버버벅.

빛이 되어 유저 한 명을 일방적으로 구타한다.

결과는 사살.

이제 다섯 명.

그제야 현실을 깨달은 그들이 급히 뭉쳤지만 무혁에겐 가소로울 뿐이었다.

스켈레톤 전원 소환.

이미 소환 쿨타임이 끝난 지 한참이었으니까.

후우웅.

200마리가 넘는 스켈레톤의 위용에 다섯 유저가 악을 써대었다.

"아니, 이게 뭔 짓이에요!"

"갑자기 공격하는 게 말이나 되냐고요!"

"우리 아군이라고!"

그러나 자비는 없었다. 좀비술사의 초기화를 위해 나섰다는 건 무혁을 죽이겠다는 명백한 의지였으니까.

죽이려는 자를 봐줄 생각은 추호도 없었다.

"젠장, 재접속하면 우리 어떻게 보려고……!"

"왜 봅니까."

"뭐라고요?"

"저랑 적대 관계가 형성된 이상, 저는 여러분을 끝까지 죽일 겁니다."

덤덤하지만 그래서 더 소름이 끼쳤다. 그제야 저들은 한 가지를 기억해 냈다. 무혁과 적이 된 이들의 결말을.

"아, 아아……."

거대한 규모의 길드나 일개 소수의 유저들 모두, 예외 없이 게임을 접거나 폐인이 되어버렸다는 사실을 말이다.

"저, 저기……!"

뒤늦게 입을 열려는 유저.

그에게 꽂히는 뼈 화살과 마법들이 목소리를 묻어버린다.

쾅, 콰콰콰쾅!

그 여파로 나머지 유저 역시 죽어버렸다.

남은 건 한 명.

가장 처음 무혁에게 이견을 제시한 푸른바다였다.

"……."

그 역시 당황스러움을 감추지 못하고 있었다.

무혁과 푸른바다. 잠깐이지만 두 사람의 시선이 허공에서 얽혔다. 우물거리던 푸른바다가 무어라 말하려는 순간 사방을 포위해버린 아머나이트가 검을 내리그었다.

-강한 일격!

바로 뒤에 있던 아머기마병도 각자의 무기를 내질렀다.

-가속 찌르기!

방패로 막았음에도 불구하고 푸른바다는 버티지 못한 채 죽어버렸다.

잠깐의 침묵이 감돌고 무혁이 나머지 유저를 쳐다봤다.

"저는 굳이 알려주지 않아도 될 정보를 여러분께 공유했습니다. 그로 인해 발생할 결과가 무엇이든지 책임질 생각으로요. 우리는 포르마 대륙의 유저이고 지금은 카이온 대륙과 전쟁을 하지만 결국은 개개인의 이익을 위해 움직이는 거니까, 혹시라도 좀비술사의 힘을 갖고 싶어서 저를 죽이고자 한다면 언제든 나서도 됩니다. 다만, 그 결과에 대해서 온전히 책임져야 한다는 걸 알아줬으면 합니다."

그에 유저들이 굳은 표정으로 고개를 끄덕였다.

"그럼, 나갈까요?"

유저들이 등을 돌려 지하에서 벗어났다.

촬영 팀도 마찬가지였다.

마지막으로 남은 무혁과 일행들.

"어후, 완전 차가운 남자."

성민우의 한마디에 무겁던 분위기가 깨져 버렸다.

"괜히 분위기 잡지 말고."

"쩝, 그래."

"그 유저들은 진짜로 어쩔 거냐?"

"글쎄?"

"접속할 때마다 죽일까?"

"고민 중이야."

듣고 있던 예린이 걱정스러운 표정으로 다가왔다.

"근데 괜찮아, 오빠?"

"응? 뭐가?"

"너무 세게 나간 게 아닌가 해서…… 방송도 있는데."

무혁이 예린의 머리를 쓰다듬었다.

"괜찮아, 어차피 게임이잖아. 무엇보다."

"으응?"

"누군가가 내가 가진 걸 뺏으려고 하면 당연히 막아야지. 가만히 앉아서 뺏길 순 없으니까. 그걸 가지고 누가 뭐라고 하면 무시하면 되는 거고."

그저 입장의 차이였다. 누가 잘하고 잘못한 건 아니었다.

다만, 힘 있는 자가 가질 뿐.

"그러니까 걱정 안 해도 돼."

"으응, 알겠어."

"그러면 여기나 조금 살펴보자."

"응!"

자연스럽게 가장 눈에 들어오는 석상 앞으로 다가갔다.

성민우와 예린, 김지연이 석상을 만지면서 살폈지만 아무것도 발견하지 못한 모양이었다. 뒤이어 무혁이 석상을 툭 하고 건드리자 홀로그램이 떠올랐다.

[시험 대상자임을 확인했습니다.]

[석상 앞, 구멍에 아이템을 제물로 바칠 경우 좀비술사의 스킬을 사용할 수 있습니다.]

[지금부터 시험이 끝나는 순간까지 누구에게도 아이템을 양도받을 수 없습니다.]

예상하지 못한 정보가 튀어나왔다. 위급한 상황에서는 요긴하게 쓸 수 있겠지만 아이템을 양도받지 못한다는 건 조금 치명적이었다.

거래도 안 된다는 건가?

한번 확인을 해보기로 했다.

경매 시스템을 열고 값싼 아이템 하나를 구입해 봤다.

[거래할 수 없는 상황입니다.]

정말 거래가 막혀 버렸다.

이거, 참.

하긴 거래가 되면 돈을 무한대로 사용해서 좀비를 끝없이 소환해 버릴 테니. 그 부분은 이해할 수밖에 없었다.

"뭐 좀 나왔냐?"

"어."

"오, 뭔데?"

"석상 건드리니까 홀로그램이 뜨더라고. 내용이……."

정보를 알려주자 다들 생각에 잠겼다.

"나름대로 공정하네. 아무튼, 1주일만 버티면 되잖아?"

"그렇지."

"오케이. 빡세게 한번 버텨보자고!"

의지를 다지는 성민우를 홀로 둔 채 무혁은 석상 앞, 구멍에 아이템 하나를 내려놓았다.

"뭐 하냐?"

"어떤 식으로 되는지 확인은 해야지."

석상에서 빛이 새어 나왔다.

아이템 하나가 사라지고 새롭게 떠오른 홀로그램.

[좀비술사 스킬 목록]

1. 좀비 소환

바닥에 묻힌 시체를 되살린다. 시체가 없더라도 일정 숫자의

좀비를 살려낼 수 있다. 다만 시체가 많다면 더 많은 좀비를 살려
낼 수 있다.

2. 자폭

살아난 좀비를 희생하여 치명적인 대미지의 광역 폭발을 일으킨다.

3. 저주

좀비에게 저주를 걸어 주변에 지속적인 피해를 입힌다.

4. 좀비 강화

좀비의 신체 능력을 대폭 상승…….

상세한 설명은 아니었다.

아마 얻게 되면 제대로 확인할 수 있겠지.

지금은 간략하게만 알아도 충분했다.

소환과 자폭, 강화.

얼핏 봐도 좀비술사의 가치는 매우 뛰어났다. 나머지 스킬들 역
시 충분히 활용가치가 있어서 결코 무시할 수 없는 수준이었다.

이건 무조건 얻어야 돼.

생각만으로도 소름이 돋았다.

스켈레톤과 좀비로 이뤄진 압도적인 숫자의 대군.

진정한 일인군단이 되는 것이다.

1주일……!

반드시 버티리라 다짐했다.

제5장
10강

무혁을 바라보는 유저들의 시선은 평소와 크게 다르지 않았다. 유저를 죽인 사건이 있었음에도 불구하고 말이다.

"뭐, 그럴 수 있지."

"맞아. 무혁 님은 우리한테 정보까지 알려줬잖아."

"거기서 욕심이 났고, 또 선택했으면 그 결과도 받아들여야지."

"인정."

무혁의 잘못도 아니었고 그들의 탓도 아니었다. 그저 뛰어난 무언가를 얻으려는 자들끼리의 다툼이었을 뿐.

그렇기에 행동을 했다면 그 결과는 온전히 본인의 책임이었다. 유저들 대부분이 그 사실을 알고 있었기에 평소처럼 행동할 수 있었다.

"그래도 난 좀 심했다고 봐."

"뭐가?"

물론 일부는 고개를 젓기도 했다.

"그렇게 죽일 것까지는 없었잖아. 페널티가 24시간인데, 좀 치명적이지."

"뭔 소리야? 그럼 무혁 님이 죽었어야 된다는 소리야?"

"아니, 내 말은 그게 아니라……."

"그게 아니긴. 네가 하는 말이 그 말이잖아."

"대화로 좀 풀 수도 있지 않겠냐는 거지."

"대화는 무슨. 욕심에 눈이 멀어서 무혁 님 죽이려고 나선 건데. 너 같으면 누가 너 죽이고 아이템 뺏으려고 들면 아이고, 예. 죽이십시오. 하고 목 내밀 거냐?"

"그건 아니지……."

"내로남불이네, 완전. 내가 하면 로맨스고 남이 하면 불륜?"

"쩝……."

"내 말이 틀렸냐?"

"아니, 맞아. 네 말이 맞네. 졌다, 졌어."

그들도 오래 지나지 않아 무혁의 행동을 수긍했다.

그러나 은연중에 불만을 토로하는 이들이 나타났다. 그들은 이곳에서 1주일이나 시간을 허비해야 한다는 사실에 짜증을 내고 있었다. 그 부분에 대해서는 무혁도 미안한 마음을 가지고 있었다.

흐음, 별수 없나?

그에 특단의 조치를 취하기로 결심했다.

조치를 취하기 직전, 카이온 유저들이 공격을 해왔다.

첫 번째 방어전이었다.

"탱커와 원거리 유저는 2인 1조로 팀을 짠 후 성벽으로 올라가 주세요!"

유저들은 무혁의 지휘를 받아들였다. 물론 곳곳에서 불만이 튀어나오긴 했지만 이번 카이온 유저들이 그리 강하지 않았기에 큰 탈 없이 막아낼 수 있었다.

무혁은 전투를 마무리 지은 후 유저들을 한자리에 모았다. 불만을 토로하는 이들을 위한 대책을 내놓기 위해서.

"1주일 동안 여기서 시간을 보내야 하는 부분에 대해서는 정말 죄송하게 생각하고 있습니다. 그래서 제가 할 수 있는 게 없나 생각을 해봤는데요. 마침 적당한 게 있더라고요."

"적당한 거라면……?"

"한 분씩 무기 강화를 해드릴까 하는데, 어떠세요?"

그에 유저들의 눈이 조금 커졌다.

"무, 무기 강화요?"

"네, 아무래도 시간이 오래 걸릴 테니까 7강 정도면 어떨까요. 이미 무기가 7강이신 분은 갑옷이나 방패로 대체해도 괜찮고요."

현재 시점에서는 그마저도 어려운 게 사실이었으니 횡재라고 봐도 과언이 아니었다. 당연하게도 거부할 유저는 존재하지 않았다.

"우오오오!"

"최곱니다, 최고!"

"완전 고맙죠!"

그 반응에 무혁이 웃었다.

"아, 혹시라도 마음에 들지 않으신 분은 옆으로 따로 빠져주시면 됩니다."

그에 잠시 소란이 일더니 스무 명 정도의 유저가 옆으로 나왔다.

"불만이 있으신 건가요?"

무혁의 질문에 누군가 답했다.

"당연하죠. 겨우 무기 하나로 되겠어요? 최소 두 개는 해줘야죠."

"맞아요, 맞아."

"1주일이나 머물러야 하는데, 그 정도는 해주시죠."

"흐음, 현재 상황에서는 극히 일부 대장장이만 7강까지 강화가 가능한 것, 알고 계시죠?"

"그건 알죠."

"대부분이 4강이나 5강에 만족하고 있다는 것도요?"

"그건 아는데, 그래도 무혁 님은 가능하잖아요."

"저도 7강까지 만들려면 시간이 꽤 오래 걸립니다."

"에이, 조금만 더 인심 써주세요. 우리도 무혁 님 때문에 1주일간 여기 묶여 있어야 하는데."

"아무래도 어려울 것 같습니다."

"왜 그러실까, 다 알면서."

"뭘 안다는 건지……."

"어차피 이렇게 있어 봐야 우리끼리 다투기밖에 더하겠어요?

그냥 아이템 두 개, 7강까지 깔끔하게 만들어주고 끝내자구요."

"……."

"안 그러면 계속 불만이 터질 거라니까요."

"다른 분들은 불만이 없는 것 같던데요?"

"겉만 그렇지, 속은 아니에요. 자, 아무튼 2자루씩 해주시는 걸로?"

더 이상의 설득은 무의미했다.

"말이 안 통하네요. 좋습니다. 그러면 저 때문에 1주일간 이곳에 묶여 있지 않아도 되게끔 해드리죠."

"네?"

"그게 무슨……?"

"여기 계신 20명 전부. 지휘권자의 재량으로 다른 용병 부대로 옮겨 드리겠습니다. 공헌도도 그대로 유지되니 다른 곳에서 열심히 싸우시길."

무혁의 말에 유저가 급히 손을 저었다.

"자, 잠깐만요!"

"안타깝지만 제 그릇이 이 정도밖에 안 되는 모양입니다."

서늘하게 웃으며 시스템을 조작했다.

[유저 '알카라', '패턴', '싸오라비'……. 총 20명의 유저를 '무혁 용병대'에서 제외시켰습니다.]

곧바로 옆에 있는 기사를 쳐다봤다.

"다른 부대로 보내는 것, 가능하죠?"

"물론입니다."

"그럼 부탁 좀 드릴게요."

"알겠습니다."

멍하니 있는 사이 사건은 일사천리로 정리되었다.

"저, 저기요! 아니, 갑자기 이게 뭡니까!"

"아무리 무혁 님이라도……!"

20명 유저를 보며 무혁이 고개를 갸웃거렸다.

"1주일간 있기 싫다고 한 건 그쪽 분들인데요?"

"그, 그건. 그러니까 아이템 2개만 강화해 주면 그냥 남는다는 소리였잖아요!"

"전 어려울 것 같다고 했습니다만?"

"아, 아무리 그래도 이건 좀 그렇잖아요!"

무혁이 한숨을 쉬었다.

"이미 제외되었으니 그냥 가세요."

대화를 나눌 이유도, 필요도 없었다. 무의미한 시간 낭비일 뿐.

"저는 더 할 말 없습니다."

그들에게서 시선을 떼어낸 후 기다리는 용병 유저들을 쳐다봤다.

"음, 마침 시간이 좀 있으니까 아이템을 강화해 드리도록 할게요. 일단은 지금 서 있는 순서대로 하면 되겠죠?"

"그, 그럼요. 무혁 님 편하신 대로 하세요."

무혁은 첫 번째 줄에 서 있는 유저들에게서 무기를 양도받

왔다.

"여기서 바로 하죠."

"아, 네!"

7강을 만드는 건 사실 그리 어렵지 않았다.

8강이 오래 걸리는 거니까.

무혁은 집중해서 무기를 강화했다. 당연히 일반 강화였다.

오로지 무기의 공격력만 오르는.

캉, 카앙!

순식간에 강화도가 솟구쳤다.

"3강이었던 단검인데요. 마검 유저님?"

"네, 네!"

"지금 6강이거든요. 조금만 더 기다려 주세요."

"알겠습니다!"

다행히 실패 없이 7강에 올랐다.

"운이 좋았네요."

단검을 받은 마검 유저의 몸이 부르르 하고 떨렸다.

"으, 으으. 미, 미쳤다……!"

그의 주변으로 다른 유저들이 다가왔다.

"어때요, 마검님?"

"대박이에요, 대박. 와, 이런 미친 공격력이라니……!"

"그렇게 높아요?"

"네! 공격력이 200인데, 추가 공격력만 300이 넘어요!"

"허얼, 대, 대박이네요. 진짜."

그들이 웃고 떠드는 사이에 7강 무기를 하나 더 만든 무혁이었다. 이번 주인은 지난번 무혁을 대신하여 유저들을 혼냈던 김창식 유저였다.

"김창식 형님."

"고맙군."

"별말씀을요."

그 역시 무기를 확인하더니 웃음을 참지 못했다.

"허허, 정말 좋군."

다음 무기를 강화하는 무혁.

캉, 카앙!

그런 그에게로 용병대에서 제외된 스무 명의 유저들이 다가왔다.

"무, 무혁 님……."

"저, 저기……."

본인의 실수를 자각했는지 조금은 비굴한 표정을 짓는 그들이었다. 공짜로 7강짜리 무기를 얻을 수 있는 기회였으니 이대로 떠나는 게 너무나 아쉬웠으리라.

"……."

당연히 무혁은 그들의 부름을 무시했다. 이미 떠나보낸 이들이었다. 과한 욕심으로 마음이 상한 이들의 말을 들어줄 이유는 조금도 없었다.

"무혁 님……?"

이번에도 반응하지 않았다.

스무 명의 유저.

그들을 이끄는 한 사내가 미간을 팍, 찌푸렸다.

"하! 됐습니다, 됐어. 진짜 더럽구만. 그냥 갑시다!"

"그, 그래도……."

"어차피 우린 여기서 쫓겨난 거라고요!"

결국 힘없이 떠나는 스무 명의 유저.

무혁은 끝내 그들에게 눈길 한 번 주지 않았다.

저들은 적당히 선의를 베풀 때 받아들였어야 했다. 사실상 용병 유저들에게 아무것도 해주지 않아도 누구 하나 뭐라고 할 사람은 없다. 이 상황이 마음에 들지 않는 유저들은 떠나면 그만이기 때문이다.

그럼에도 호의를 베푼 것은 괜한 다툼이 의미가 없기 때문이었고, 또한 지금까지 함께 전투를 해온 이들에 대한 나름의 인정 때문이었다.

그러나 호의를 권리로 착각하는 이들에게까지 그런 마음을 베풀 무혁이 아니었다.

"후, 이제야 조용해졌네."

그건 성민우 역시 마찬가지였다.

어지간히도 저들이 마음에 들지 않은 모양이었다.

"더럽게 시끄럽더라, 진짜. 안 그러냐?"

"게임이 다 그렇지, 뭐."

저들도, 그리고 무혁도 결국은 각자의 이익을 위해 움직일 뿐이었으니까.

카앙, 캉!

아무튼, 이로써 모든 불안 요소가 사라졌다.

이젠 1주일을 버텨내기만 하면 되리라.

●

어느새 5일.

생각보다 시간이 금세 흘러갔다. 그동안 여러 번의 방어전을 치렀고 성공적으로 소도시를 지켜냈다. 지금도 방어전에서 승리를 거둔 후 휴식을 취하는 상태였다.

물론 무혁은 하루하루 바쁜 시간을 보냈다.

좀비술사의 시험을 초기화하기 위해 무혁을 죽이려고 했던 옛 동료들, 아니, 그저 잠깐 함께했던 용병 유저들이 접속할 때마다 꾸준히 죽여야 했고. 또 함께하는 이들을 달래기 위해 무기를 7강까지 만들어줘야 했기 때문이다.

캉, 카앙!

오늘도 작업에 열중하고 있는데 유라가 다가왔다. 그녀는 무혁이 작업을 멈출 때까지 기다린 후에야 입을 열었다.

"내일이 방송이에요. 다들 아시죠?"

"아, 그래요?"

유라의 말에 무혁이 작업을 잠시 중단했다.

벌써?

옆에서 수다를 떨며 쉬고 있던 성민우와 예린, 김지연도 조금 놀란 표정이었다.

"진짜 빠르네요, 시간."

"원래 지나고 나면 제일 빠른 게 시간이라잖냐."

"하긴, 난 사실 아직 고등학생 같아."

"뭔 소리야? 네가 무슨……."

"아, 정말!"

"미, 미안. 농담이야. 고등학생이라고 해도 믿지, 그럼. 믿고말고."

"죽을래?"

예린의 앙칼진 표정에 성민우가 슬쩍 뒤로 물러났다.

"장난인 거 알지? 사실 나도 아직 20대 같으니까."

"치, 오빠가?"

"크흠, 그만큼 시간이 너무 빠르게 흐른단 거지."

"그건 인정."

수다를 떨면서 성민우가 은근슬쩍 유라에게 이번 녹화분에 대해서 물었다.

"완전 잘 나왔어요."

"오오, 그래요? 악마의 편집은 아니죠?"

"악마의 편집이요?"

"네. 막, 그런 거 있잖아요. 일부러 극악하게 내보낸다거나, 멍청하게 편집한다든가."

"설마요. 딱히 그런 장면도 없었고요."

"믿습니다, 믿어요."

"걱정 마세요."

정작 당사자인 무혁은 크게 관심이 없는 태도였다. 지금까지 봐왔던 일루전의 세계라면 결코 허황된 편집을 하진 않을 것이라 여겼기 때문이다.

캉, 카앙!

해서 관심을 주는 대신, 무기 강화에 열을 올렸다.

[강화도가 상승합니다.]
[강화도 : 100%]
[칭호의 효과로 강화 성공 확률이 상승합니다.]
[강화에 성공하셨습니다.]

몇 번 계속 실패하던 무기가 드디어 7강에 올라섰다.

"겨우 성공했네."

기다리고 있던 주인에게 무기를 돌려줬다.

"여기요."

"감사합니다, 무혁 님!"

"음, 다음은……."

어떤 무기를 강화할까 고민하고 있는데 문득 반달이 떠올랐다.

아, 시간이 거의 다 됐지?

어쩌면 연락이 오기를 기다리고 있을지도 몰랐다. 혹시나 정말로 그럴까 싶어서 급히 반달 유저에게 채팅을 보냈다.

[무혁 : 안녕하세요.]

[반달 : 엇, 무혁 님?]

[무혁 : 바로 읽으셨네요?]

[반달 : 아, 네. 저도 마침 채팅 하려고 했거든요.]

[무혁 : 아아, 문양이 다 만들어졌나 보네요?]

[반달 : 네, 지금 막, 준비가 끝났습니다.ㅎㅎ]

[무혁 : 으흠, 타이밍이 좋네요. 근데 어쩌죠? 제가 지금 전쟁에 참여 중이라서 소도시에서 벗어날 수가 없는 상황이거든요. 이틀 뒤에 시간이 날 것 같은데, 그때 거래될까요?]

[반달 : 제가 가도 되는데요?]

[무혁 : 아, 그래요? 위험한데 괜찮을지.]

[반달 : 괜찮습니다!]

[무혁 : 으음, 그럼 저야 고맙죠.]

[반달 : 어디로 가면 될까요?]

[무혁 : 카브라 소도시예요.]

[반달 : 지금 바로 출발할게요!]

[무혁 : 네, 조심해서 오세요. 언제 카이온 유저들이 들이닥칠지 몰라서요.]

[반달 : 알겠습니다! 조심해서 가도록 할게요ㅎㅎ]

채팅을 종료하고 앞에 놓인 무기를 바라본다.

이번엔 이걸로.

길이가 짧은 창이었다.

단창이라.

창대를 끌어와 아래에 내려놓고 창날을 유심히 살폈다.

피어오르는 붉은 점들.

"후읍!"

한 치의 오차도 없이 망치가 휘둘러졌다.

다행이랄까.

그날은 더 이상 카이온 유저의 공격이 없었다. 덕분에 문양사 반달도 위험 없이 소도시 내부로 들어설 수 있었다.

"완전 오랜만이에요! 아, 물론 TV로 가끔 보고 있지만요."

"그래요?"

"네, 일루전의 세계에서는 진짜 완전 최고였어요, 최고."

반달이 엄지를 치켜들었다.

"고마워요."

무혁은 진심으로 웃으며 그를 반겼다.

그와 함께 임시 거처로 이동했다.

"참, 그러고 보니까 내일도 방송일이네요?"

"아, 네. 그렇죠."

"내일도 나오는 거죠? 지금도 촬영하고 계신 것 같은데……."

"나와요."

"우와, 잘 볼게요!"

예전보다 많이 밝아진 것 같았다.

"자, 그러면……."

두 사람 모두 각자의 물건을 꺼냈다. 무혁은 기존에 사용하던 스켈레톤들의 문양과 골드가 들어 있는 주머니를 건넸고, 반달은 새롭게 제작한 문양을 대량으로 넘겼다.

"오늘도 거래, 감사합니다!"

"뭘요. 항상 제가 값싸게 구하기만 하는데요."

"아니에요. 사실 새롭게 만든 문양은 레벨 제한이 붙어 있어서요. 무혁 님 아니면 어차피 사용할 수 있는 유저도 별로 없더라구요."

"아아, 그렇긴 하네요."

새롭게 얻은 문양을 만족스럽게 쳐다봤다.

[강력한 전사의 문양]

소환수 힘 +15

소환수 체력 +15

사용 제한 : 소환수, 200레벨.

이것만 있는 게 아니었다.

[파괴적인 문양]

소환수 힘 +28

사용 제한 : 소환수, 200레벨.

[무너지지 않는 문양]

소환수 체력 +28

사용 제한 : 소환수, 200레벨.

[마법사의 문양]

소환수 지식 +28

…….

힘, 체력, 지식을 각각 최대로 올려주는 문양까지 있었다.

뭐, 덕분에 거덜 났지만.

엄청난 돈을 사용해서 주머니가 비어버렸다.

슬슬 돈을 좀 벌어야겠는데.

무혁은 아직 장인의 강화를 감추고 있는 상황이었다. 그걸 드러내는 순간 어마어마한 돈을 벌 수 있을 것이다. 오직 무혁만이 유일했으니 당연한 일이었다.

굳이 감추려고 한 건 아니었고, 소환수부터 강화를 하려고 했던 것인데 지금은 재료비마저 부족한 상황인지라 어쩔 수 없이 장인의 강화를 드러내야 할 것 같았다.

"전 그럼 가볼게요."

"바로요?"

"네, 지금 무혁 님한테 받은 문양도 팔아야 되고, 더 좋은 문양도 어서 제작해야죠."

"흐음. 알겠습니다."

그는 웃으며 소도시를 떠났다.

"다음에 또 봐요!"

"아, 네."

그를 입구까지 배웅해 준 후 문양을 소환수에게 장착시켰다. 이후 식당으로 향했다.

"오, 왔냐?"

"어."

그들은 공복도를 채우기 위해 김지연이 해준 음식을 먹고 있었다. 그녀 역시 요리 레벨이 높은 편이라 맛이 좋았기 때문이다.

"가볍게 먹고 있어."

"그게 가볍냐……?"

통돼지 구이에 각종 생선구이. 그것을 제외하고서도 여러 가지 음식들이 상을 가득 채우고 있었다.

"이 정도면 가볍지, 뭘."

"오빠, 어서 와. 같이 먹자!"

"크흠. 그럴까."

워낙에 일루전 음식이 맛있다 보니 무혁도 먹는 걸 좋아했다. 그래서 요리까지 배우지 않았던가. 물론 요즘은 워낙에 바빠서 직접 요리를 하진 못하고 있지만.

"어때, 어때?"

"맛있네."

"그치? 통돼지 구이 너무 좋아."

"이것도 맛있고."

"요것도 먹어봐."

예린이 생선의 살점을 입에 넣어줬다.

"으흠!"

"헤헤."

둘의 모습이 성민우가 배를 잡았다.

"또 저러네, 또 저래. 꼴 보기 싫다, 싫어!"

그에 옆에 있던 김지연이 슬쩍 생선의 살을 바르더니 성민우의 접시 위에 올려줬다.

"머, 먹어. 오빠."

"응? 어, 어어. 고, 고마워."

사실 성민우와 김지연. 두 사람도 요즘 분위기가 심상치 않았다.

"너, 너두 먹어."

"으웅."

이번에는 성민우가 고기 한 점을 예린의 접시에 올렸다.

"바보들. 그냥 먹여주면 되지."

옆에서 보던 예린이 혀를 찼다.

"뭐, 그래도 보기 좋잖아."

"풋풋하긴 하네."

그에 성민우와 김지연, 둘 모두 얼굴이 붉어졌다.

"크, 크흠."

"……."

서로가 조금만 용기를 내면 될 것을.

음, 이번에 말해줄까.

일루전의 세계를 보면서 충고라도 해줘야 될 것 같았다.

"잘 먹었다. 난 강화 좀 하러 갈게."

"응!"

지금 하는 강화는 판매를 위한 것이었다.

급히 인벤토리를 뒤진다.

무기 중에 괜찮은 게 있나?

이것저것 한참을 뒤지던 중, 아주 괜찮은 옵션을 지닌 창 한 자루를 발견했다. 공격력은 그리 높지 않았지만 보조 옵션이 매우 뛰어났다.

이거 괜찮네.

만족스럽게 웃으며 자리를 잡았다.

일단 밑밥부터 깔아야지.

비공개 경매나 공개 경매로 팔아도 좋겠지만 이번에는 게임 시스템을 이용해 판매해야만 하는 상황이었다. 좀비술사를 얻기 위해서라도 소도시를 떠날 수 없었기 때문이다.

하지만 가진 것을 잘 활용한다면 비공개 경매, 혹은 공개 경매보다 더 높은 가격에도 판매할 수 있을 것 같았다.

물론 그러기 위해선 숨겨뒀던 것들을 풀어야만 했다.

귀찮아지려나?

이내 고개를 젓는다.

이미 랭킹2위. 게다가 일루전TV에서 상위를 달리는 BJ다.

무수한 영상이 퍼졌고 무혁이란 존재에 대해 알려질 만큼 알려졌다.

그로 인한 인기는 덤.

그러나 생각보다 불편하진 않았다. 아이템을 조금만 바꿔도 게임에선 알아보지 못했고, 현실에서는 더더욱 무혁을 알아보는 이들이 없었다. 게임과 현실에서의 괴리감 탓이었다. 그렇기여 결정을 내릴 수 있었다.

여기서 더 알려져 봤자…… 어차피 거기서 거기일 테니까.

결정을 내린 무혁은 설정 시스템에 들어가 일루전TV를 우측 상단에 조그맣게 틀었다.

"안녕하세요? 오랜만에 대화를 하네요."

무혁의 말에 채팅방이 활성화되었다.

-오오, 무혁 님. 오랜만이에요!

-가끔 이렇게 말을 걸어주셔서 좋네요!ㅋㅋㅋ

-그래도 다른 유저랑 비교하면 말을 거의 안 거시는 편이죠ㅠㅠ!

-그건 좀 슬프네요…….

무혁은 씁쓸하게 웃었다.

방송은 여전히 어색하네.

자신을 좋아해 줘서 방청해 주는 이들과의 대화는 어깨를 으쓱거리게 만들어주기도 하지만 한편으로는 부담으로 다가오기도 한다. 어쩌면 그래서 더 방청자와 소통하는 걸 머뭇거리게 되는 것이리라.

뭐, 오늘은 마음 먹었으니까.

무혁이 망치를 들어 올렸다.

"오늘은 좀 색다른 강화를 보여 드리려고 합니다."

지금까지는 감추기만 했다.

장인의 강화. 그 작업을 할 때는 언제나 일루전TV를 꺼놓곤 했으니까.

-색다른 강화요?

-흐음, 뭘까요?

무혁이 씨익 하고 웃었다.

"직접 보여 드리는 게 낫겠죠. 지금부터 시스템 공유를 켜두 겠습니다."

오랜만에 켜는 설정이었다.

시스템 공유.

지금부터 방청자는 무혁이 보는 모든 것들을 확인할 수 있 게 된다.

-이것도 오랜만이네요!ㅋㅋ

-은근 기대됩니다.

-하지만 색다른 강화라니, 조금 걱정스럽기도 하네요.ㅎㅎ

무혁이 창의 옵션을 확인했다.

"보이시죠?"

그리고 바닥에 내려놓는다.

"지금부터 새로운 종류의 강화를 시작하겠습니다."

이윽고 스킬을 사용했다.

장인의 강화. 떠오르는 붉은색과 푸른색의 향연. 공격력보다는 추가 옵션.

지금 작업하는 창은 그럴 가치가 있었다. 두 가지 모두를 잡는 것이 아니라 한 가지, 추가 옵션을 최고조로 만들기 위한 작업이었다.

최초로 등장하는 추가 옵션의 반란이랄까.

이 창은 분명 유저들에게 큰 혼란을 안겨줄 것이다.

덩달아, 돈까지.

무혁의 집중력이 점차 높아졌다.

캉, 카앙!

망치가 푸른색의 점을 때린다.

[강화도가 상승합니다.]
[강화도 : 7%]

0강짜리 무기인지라 강화도가 금방금방 올랐다.

[강화에 성공하셨습니다.]

순식간에 1강을 만들고.

카앙, 캉!

곧바로 시작된 2강 작업 역시 어렵지 않았다. 이번에도 다이렉트로 성공했다. 여전히 집중력이 깨어지지 않은 무혁은 3강, 4강, 5강까지 강화에 성공한 후에야 한숨을 돌렸다.

"후아."

공격력의 상승은 미미했지만 추가옵션이 어마어마하게 솟구친 상태였다.

좋구나, 좋아.

다시 강화를 이어가려는데.

[재료가 부족합니다.]

떠오른 메시지에 움찔거렸다.

"아, 이런. 재료가 부족하네요. 잠시 재료를 구입하겠습니다."

급히 남은 돈을 탈탈 털어서 강화 재료를 구입했다.

기껏해야 다섯 번인가.

그렇다면 서두를 이유가 없다.

쉬었다가 하자.

그래야 집중력도 돌아올 테니까.

"음, 조금만 쉴게요."

대신 그동안 방청자와 대화를 이어가기로 했다.

-무혁 님, 강화 성공하고 나서 무기 옵션을 한 번도 확인 안 하셨는데

요. 은근 궁금한데요? 언제쯤 옵션 보여주실 건지…….

무혁이 웃었다.

"강화가 마무리되면 보여 드릴 예정입니다. 그보다 쉬는 동안 궁금한 거 물어보세요. 가능하면 대답해 드릴게요."

그에 질문이 우르르 쏟아졌다.

"어, 그건 그러니까……. 예? 예린이랑요? 크흠, 그건 비밀이죠. 아, 강철주먹? 아, 민우요? 음. 민우는……."

하나씩 대답을 해주던 무혁의 입가로 미소가 그려졌다.

흐음, 생각보다는 뭐…….

부담이 어느새 스리슬쩍 사라지고 재미라는 이름이 얼굴을 내민다. 가끔은 이렇게 방청자와 소통을 하는 것도 나쁘지 않겠다는 생각을 다시 한번 새기면서 집중력을 충전했다.

잠시 후 다시 강화 작업에 돌입했다.

캉, 카앙!

7강까지 한 번도 실패하지 않고서 성공했다는 사실에 기쁨과 동시에 불안감이 느껴졌다.

너무 운이 좋은데?

정말 누군가의 도움일까.

[강화도가 상승합니다.]

[강화도 : 100%]

[칭호의 효과로 강화 성공 확률이 상승합니다.]

[강화에 성공하셨습니다.]

8강마저도 단번에 성공해 버렸다.

"으음……?"

순간 고민이 되었다.

9강에 도전하느냐. 아니면 8강에 만족하고 판매하느냐.

재료가 남아 있기는 한데.

대략 3번 정도.

운이 나쁘면 실패, 실패, 실패로 이어질 수도 있었다. 하지만 성공할 가능성도 분명히 존재했다. 특히 오늘처럼 운이 좋은 날은 더더욱.

안전을 도모하느냐. 혹은 도전하느냐.

그 갈림길에서.

에라, 모르겠다!

결국 도전을 택했다.

물 들어올 때 노 저어야지, 아니, 어쩌면 그냥 단순한 도박 이려나.

쓸데없는 상념과 함께 망치를 휘둘렀다.

무혁이 망치를 내려놓았다.

"오늘은 정말 되는 날이네요."

도박은 성공적이었다. 단번에 9강에 올라서 버린 것이다.

게다가 9강에 오르면서 장인의 강화 스킬 레벨이 하나 올랐다. 이러면 만족하려던 마음에 균열이 생기게 마련이다.

욕심, 욕망이라는 이름의 어두운 얼굴이 고개를 치켜든다.

"무려 9강에 성공했습니다. 이대로 10강까지 가버릴까 싶기도 한데, 그건 무리겠죠?"

채팅창이 글이 쏟아진다.

-가야죠! 고고!

-다이렉트 9강이면 되는 날, 맞습니다!

-10강 갑시다!

-최초 타이틀 이어가야죠!

-지르자, 지르자!

-우오오! 가즈아아아아아!

무혁이 진지하게 고민에 빠졌다.

하긴, 백마군의 붉은 단검도 9강이니까.

10강이 나올 때도 되긴 했다. 분명히 불가능한 수치는 아니었다. 아주 힘들긴 하겠지만.

그러나 왠지 오늘, 이 행운을 놓치면 앞으로 10강을 보기 위해 꽤나 많은 시간을 보내야 할 것 같았다.

고민에 고민을 거듭한다.

3분, 5분, 그리고 10분.

"후, 좋습니다!"

방청자의 외침과 그리고 본인의 의지로 결정을 내렸다.

"10강, 한번 가보겠습니다! 결국 실패해 봐야 8강으로 내려가는 것뿐이니까요."

실패하면 거기서 멈춘다.

성공하면……!

마음이 흔들리기 전에 망치를 먼저 들어 올렸다.

장인의 강화.

스킬을 사용한 후, 푸른색의 점을 때렸다.

캉, 카앙!

계속되는 망치질.

카아앙!

그 속에 깃든 열망과 떨림.

"후읍……!"

꽤나 긴 시간을 작업에 투자하여 강화도를 100퍼센트로 만들었다.

그리고 떠오른 홀로그램에 무혁의 몸이 굳어버렸다.

[강화도가 상승합니다.]

[강화도 : 100%]

[칭호의 효과로 강화 성공 확률이 상승합니다.]

[강화에 성공하셨습니다.]

[최초로 10강에 성공하셨습니다.]

[칭호 '인간의 영역을 초월한 자'를 획득합니다.]

[주의! 10강부터는 강화에 실패할 경우 무기가 파괴될 수도 있

습니다.]

　예상치 못한 내용이 세 개나 있었다.

　10강의 성공. 칭호의 획득. 그리고 10강부터 파괴된다는 주의 메시지까지.

　와, 미쳤구나, 진짜.

　마지막 내용에 잠깐 마음이 혼란스러웠지만 지금은 10강을 만들었다는 사실에 기뻐해야 할 순간이었다. 서서히 그 사실을 실감하면서 하늘을 날아가는 듯한 기분을 느꼈다.

　-우와아아아아!

　-미쳤따리! 오졌따리! 지렸따리!

　-ㅋㅋㅋㅋㅋㅋㅋㅋㅋㅋㅋ웃음밖에 안 난다ㅋㅋㅋㅋ

　-역사적인 순간인가……

　-최초의 10강이니까요.ㄷㄷㄷ

　시야 모드였기에 방청자들 역시 지금 이 순간을 함께하고 있었다.

　"어, 어어. 저, 저도 좀 당황스럽네요. 10강에 성공한 것만 해도 놀라운데 칭호까지……!"

　웃음밖에 나오지 않았다.

　-무혁 님! 이거 파는 거예요???

-에? 안 쓰고 팔아요?

-대박, 그럼 진짜 일루전에 머니전쟁 나겠는데요?

-머니전쟁요?

-네ㅋㅋㅋ 평소였어도 비싸게 팔렸겠지만. 지금은 전쟁 중이잖아요. ㅋㅋㅋ

-아…… 전쟁……. 그렇네요, 미친…….

-와, 맞네. 전쟁 중이니까 평소보다 더 무기에 집착하겠네요.

-그렇죠. ㅋㅋ

무혁도 미처 생각하지 못하고 있던 사실이었다.

그렇지, 참…….

전쟁이 지금 이 무기를 한층 더 값비싼 놈으로 만들어주리라. 그래, 최초의 10강이고 게다가 유일한 강화 방법이었다.

거기에 전쟁까지.

모든 것이 갖춰졌다.

이제 불을 붙이고 그 불을 크게 키우는 일만이 남았다.

"자, 그럼 이제 옵션, 확인하겠습니다."

무혁은 속으로 셋을 헤아린 후 아이템의 옵션을 확인했다.

그 순간 무혁은 물론이고, 일루전TV를 통해 보던 방청자 역시 순간 멈칫거렸다. 그리고, 거짓말처럼 채팅이 중단되었다. 무혁도 말이 없었고, 몇만이 넘어가는 방청자 전부가 타자기에서 손을 내려놓았다.

3초 정도가 흘렀을 무렵.

일부 유저가 정신을 차린 것일까.

서서히 글이 올라오기 시작한다.

-에……? 제가 뭘 보는 거죠?

-어, 이거 오류인가요?

그제야 반응하는 다른 방청자들.

-님들도 그래요? 저도 오류 난 거 같아요. 옵션이 완전 잘못된 듯…….

-그, 그쵸? 저게 말이 안 되죠?

-그럼요…….

-말도 안 되는 옵션이네요. 저 당황해서 손이 멈춰 버렸네요.

-지금 실시간으로 보는 사람 전부 그랬을걸요?

-맞음……. 한 3초 정도 채팅 안 올라왔음…….

-ㅁㅊ…….

뒤이어 이성적인 판단이 뒤를 따른다.

-공격력 증가는 낮은 편인데, 추가옵션 증가가……?

-저게 진짜면 일루전 난리 납니다.

-에이, 설마요.

-무혁 님, 어떻게 된 거예요? 그거 구라죠? 가짜죠?

-진짠가요? 레알요? 트루?

-10강도 놀라운데, 색다른 강화를 보여준다는 건 단순히 10강을 목

표로 한 게 아니었네요. 이거였어요, 이거. 공격력이 아니라……. 옵션을 말도 안 되는 수치로 올려 버리는, 말도 안 되는 강화요!

-근데 이런 게 가능해요?

-저도 대장장인데……. 불가능이요.

-알려주세요ㅠㅠ!

올라오는 글을 훑어본 무혁이 입을 열었다.

"네, 지금 보는 옵션은 진짜고요. 숨겨진 힘을 찾는 에피소드에서 아주 운이 좋게도 강화와 관련한 힘을 찾았습니다. 스킬이었는데요. 지금 여러분이 보고 있는 이 창이 그 스킬의 힘입니다. 한번 보시죠."

직접 스킬창을 열어 보여주기까지 했다.

-와, 소름이네요. 진심으로요…….

-언제나 예상을 뒤엎는 무혁 님!

-아니, 언제나 기대를 넘어버리는 무혁 님!

-그야말로 괴물…….

-일루전이 낳은 사생아!

-유저 죽이면서 즐거워하던 사이코패스 같은 모습도 그랬었고…….

-그야말로 일루전을 위한 변종!

당황스러운 채팅이 올라왔다.

"아, 하하. 그건……."

뭐라 말할 새도 없이 무수한 글이 올라왔다.

-무혁 님 수식어가 많네요
-엄청나죠. 싸패 무혁. 소패 무혁. 사생아 무혁. 변종 무혁⋯⋯.
-수식어 총정리. JPG.

멍하니 수식어를 바라보던 중 한 가지 질문이 올라왔다.

-그럼 다른 대장장이는 못 배우네요, 저 스킬?

겨우 정신을 수습하고서 그에 대한 대답을 해줬다.

"음, 그럴 수도 있고 아닐 수도 있어요. 아직도 일루전은 비밀이 많으니까요. 가능성이 없지는 않죠. 다만, 지금으로선 아마 제가 유일하지 않을까 생각합니다."

그렇게 설명해 준 후 경매장 시스템을 열었다.

"그럼 이제 등록하겠습니다."

기간은 72시간. 시작 가격은 1,000골드.

[등록이 완료되었습니다.]

방청자에게 양해를 구한 후 일루전 홈페이지에 접속했다.

로그인을 하고 정보 게시판에 글 하나를 작성하려는 순간.

"음?"

이미 몇 개의 글이 올라온 상태였다.

[제목 : 최초의 10강 등장!]
[제목 : 유일한 대장장이, 무혁 님!]
[제목 : 압도적인 스펙의 무기!]
[제목 : 10강부터 무기가 파괴될 수도 있다!]

직접 홍보를 할 이유가 없어졌다.
빠르네, 진짜.
이 정도라면 자연스럽게 불이 활화산처럼 타오를 것이다.
확인만 해볼까.
최초의 10강 등장에 들어가 봤다.

[내용 : 미쳤습니다, 미쳤어요. 지금 10강짜리 무기 나왔다고요! 그
것도 장인의 강화라는 유일한 스킬로 만들어진 무기요! 스샷 보이세
요? 오지구요, 지리구요.ㅠㅠ 진짜 이런 무기가 나올 줄은 생각도 못 했
네요. 지금 이거 경매장에 올라와 있어요! 하, 진짜 갖고 싶다……]

글이 작성된 건 1분 전이었다. 그런데 댓글만 수십 개가 넘
어갔다.

└와, 이거 진짜예요?
└첫 10강 맞나요?

└그쵸. 최초죠ㄷㄷㄷ

└장인의 강화가 뭐죠?

└옵션이 왜 이럼? 이거 사기 아님?

└이거 주작각.

└주작이 머예요?

└조작이라고요.ㅋㅋ

└조작 아님요. 제가 직접 무혁 님 일루전TV 시청했음. 진짜임.

└리얼요?

└네네, 경매장만 확인해도 바로 나옴요.

└와, 진짜면 부르는 게 값일 듯⋯⋯.

└이게 진짜일 수가 있음? 공격력은 조금 오르고, 옵션이 뭐 저런 식
으로 오름???

└그러니 유일한 스킬이죠.ㅋㅋ

└근데 지금 전쟁 중이잖아요. 미쳤네. 얼마에 팔리려나?

└예전에 모 RPG 게임에선 고강화 무기 하나가 1억이 넘었죠?

└맞음. 노강이 3천이었으니. 그에 비해 일루전 무기 가격은 생각보
다 낮은 편임.

└일루전은 안 부서지니까요.

└그건 그렇죠. 근데 10강에 이런 말도 안 되는 옵션이면⋯⋯.

└수억 나오겠네요.

└당연.

└10강부터 파괴된다고 하던데, 그럼 거의 뭐 한계치 수준이라고 보
면 되겠네요.

└엥? 10강부터 파괴됨?

└무혁 님 일루전TV에서 시야 모드로 녹화된 영상 확인해 보셈. 거기 나옴.

└대박.

잠깐 뒤로 갔다 오니 댓글이 100개가 넘어갔다.

와우…….

다른 제목의 관련 게시물 역시 무서운 속도로 솟구쳤다.

정보는 순식간에 퍼졌고 많은 이들이 유일한 스킬로 제작한 10강짜리 무기에 관심을 보이기 시작했다. 그로부터 1시간도 채 지나지 않아 검색 포털 사이트 실시간 순위에 올라왔다.

7위. 10강 무기.

…….

9위. 무혁.

실시간 검색어 순위는 수시로 변동되었다.

그렇게 5분이 지났을 즈음.

1위. 10강 무기

2위. 무혁.

3위. 장인의 강호.

4위. 최초 10강.

5위. 일루전 10강.

6위. 10강 파괴

무혁의 소식을 접한 블랙 길드장, 혁수. 그가 급히 무혁에게
채팅을 보냈다.

[혁수 : 반갑습니다.]

초조하게 그의 답장을 기다렸다.

어서, 제발……!

다행히 답장은 금방 왔다.

[무혁 : 오랜만이에요.]

[혁수 : 하하, 네. 근데 10강짜리 무기를 판매하시던데…….]

[무혁 : 네, 맞아요.]

[혁수 : 지금 경매장에 올라간 건 사실 꿈도 못 꾸겠네요. 저, 대신에
앞으로 장인의 강화로 제작한 무구들. 그러니까 옵션들이 상승하는 그
스킬로 만든 무구요. 저희한테 조금만 팔아주시면 안 되겠습니까?]

[무혁 : 음. 무구 판매는 예전에 끝난 걸로 아는데요.]

[혁수 : 물론이죠. 파라독스 관련해서 무구 판매했던 건 이미 끝났지
요. 지금 얘기하는 건 온전히 저의 부탁입니다. 혹시나, 몇 점이라도 판

매해 주실 수 있을까 싶어서요.]

잠깐 답장이 오지 않았다.
고민하는 건가.
그럼 희망은 있다는 소리였기에 혁수는 속으로 기도했다.

[무혁 : 뭐, 좋아요. 인연도 있으니까요.]

그 말에 괴성을 지르는 혁수였다.
"우오오오오오!"
근처에 있던 일부 길드원이 그런 혁수를 의아하게 쳐다봤다.
"길드장님?"
"괜찮으세요?"
"어? 어어. 아냐, 아무것도."
급히 이성을 찾고서 답장을 보냈다.

[혁수 : 감사합니다, 정말 감사합니다!]

한편. 무혁은 혁수의 답장을 보며 한 가지를 제안했다.

[무혁 : 네. 대신, 나중에 저도 부탁 하나 드릴 테니, 들어주세요.]
[혁수 : 물론이죠!]
[무혁 : 그럼 만들어지면 연락드릴게요.]

[혁수 : 네, 기다리고 있겠습니다!]

채팅을 종료하고 경매장을 확인했다.

[현재 입찰 가격 : 2,600골드.]

아직 71시간이 넘게 남은 상황에서 벌써 2,600골드였다.

이건, 진짜 장난이 아닌데?

당사자인 무혁도 조금 무서울 정도였다.

얼마까지 올라갈지…….

일단 이틀 뒤까진 잊고 지내야 할 것 같았다.

신경 써봐야 의미도 없고.

이내 경매장을 닫고서 기사에게로 향했다.

"주변은 어떤가요?"

"1시간 거리까진 낯선 자가 보이지 않습니다."

NPC 병사로 경계를 세운 탓에 안전하게 휴식을 취할 수 있었다. 밤에 잠을 청할 수 있는 것도 그들 덕분이었다.

물론 위험한 일이 생기는 것을 대비하여 불침번을 서는 유저도 있었다.

새벽에 적이 쳐들어오면 급히 로그아웃해서 성민우에게 연락을 하기로 되어 있었다.

성민우는 무혁에게 연락을 취하기로 했고, 그럼 무혁은 접속하여 소환수로 시간을 벌고. 그사이 다른 유저를 깨워 접속하게 만들면 되었다.

"1시간이라……."

"더 보낼까요?"

"네, 2시간 거리까지는 넓혀주세요."

"알겠습니다."

그 정도는 되어야 마음 놓고 소환수를 마계로 보낼 수 있을 것 같았다.

요즘엔 거의 못 보냈지.

이제는 보내도 괜찮을 것 같았다. 최근 카이온 유저들의 공격도 뜸해진 상황이었으니까.

그 이유라고 해야 되려나.

카이온 유저들은 마을이나 소도시를 빼앗더라도 거점을 그곳으로 지정하지 않는다. 거점으로 지정을 했다가 다시 빼앗기게 되면 무한 척살을 당할 우려가 있기 때문이다.

결국 죽어버린 카이온 유저는 카이온 대륙에서 접속하게 되는데, 그 탓에 포르마 대륙을 공격하는 적들의 수가 시간이 지날수록 줄어들었다.

이젠 여유도 꽤 있고.

무혁은 기사 옆에서 기다렸다. 마침 기마병이 달려왔다.

"상황은?"

"2시간 거리까지, 이상 없습니다."

이야기를 들은 무혁이 고개를 끄덕였다.

"전 그럼 좀 쉬겠습니다."

"그러십시오."

무혁은 기사와 헤어진 후 지하로 내려갔다.

궁금한데. 한 번만 소환해 볼까.

지금까지는 적들이 약해서 좀비를 소환한 적이 없었다.

흐음.

고민하다가 좀비 소환을 선택했다.

아이템 재물은 필요 없었다. 이곳을 발견한 그때, 이미 아이템 한 개를 제물로 바친 적이 있었기 때문이다. 그때 스킬을 선택하지 않았는데 지금까지도 그 효력이 남아 있었다.

위치는, 위쪽 광장.

현재 유저는 건물이나 구석에서 쉬는 중이기에 문제는 없으리라.

후우웅.

곧이어 미미한 진동이 울렸다.

나타났나?

지상으로 올라온 무혁은 우글거리는 좀비를 보며 웃었다.

스켈레톤 전원 소환. 거기에 소환수까지 불러낸 후.

오랜만에 마계로 보내 버렸다.

경험치 많이 먹고 와라.

은근히 기대를 하면서 말이다.

제6장
데스 스켈레톤

중급 마족 코르크가 투덜거렸다.

"아, 진짜. 도대체 언제 오는 거야?"

"흐음."

"미치겠네. 언제까지 기다려야 되냐고오!"

"흐음."

"답답하다, 답답해. 너도 그렇지?"

"흐음."

"요즘 들어서 나타나는 속도가 느려진단 말이지. 나중에 되면 아예 안 나타나는 거 아니야?"

"흐음."

보쿠마는 익숙한지 코르크의 투덜거림을 그저 신음 한 번으로 받아주고 있었다.

"야, 넌 '흐음'밖에 할 줄 모르냐? 아니, 잠깐만. 설마 저번 전투에서 죽은 게 마지막이었던 걸까?"

"글쎄."

"돌겠다. 아, 몰라! 하루! 딱 하루만 더 기다려 보고 안 나타나면 그냥 우리끼리 가자!"

"그러든가."

"젠장! 원대한 계획이 무너지겠구만. 아니, 그보다 이제 '흐음, 흐음'이라고 안 그러네?"

"내 마음이다."

"어휴, 속이 터진다."

한탄을 하던 순간.

후우웅.

익숙한 바람과 함께 스켈레톤이 모습을 드러냈다.

"우, 우오오오오!"

코르크가 기뻐하며 환대하려는데.

"우, 오오……?"

스켈레톤이 아닌, 낯선 생명체의 등장에 고개를 갸웃거렸다.

"에? 뭐야, 저놈들은? 아니, 상관없나? 아무튼, 드디어 왔구만!"

아머나이트1이 검을 바닥에 찔러 넣었다.

기긱, 기기긱.

글자가 새겨진다.

오, 랜, 만, 이, 군.

"그래, 그래. 오랜만이야. 진짜 반갑네. 근데 이건 뭐야?"

동, 료, 다.

"그래? 앞으로도 계속 같이 오는 건가?"

모, 른, 다.

"뭐, 알겠어. 아무튼, 바로 출발하자고!"
코르크가 스켈레톤과 좀비를 이끌었다.
"갈 길이 멀다, 멀어!"
가는 길에 나타난 다수의 2, 3급 마수들.
"이제 이런 녀석들 정도야, 뭐."

어, 렵, 지, 않, 다.

앞으로 나선 스켈레톤이 마수를 아주 쉽게 제압해 버렸다.
스켈레톤의 성장 속도가 그 정도로 대단한 수준이었다.
"속도를 올리자고! 이제 2구역만 더 가면 무법지대야!"
달리기 시작하는 코르크.
"하아."
그 뒤를 보쿠마와 스켈레톤, 그리고 좀비들이 따랐다.
-여전하군.

-방정맞다.

-시끄럽다.

-그래도 심심하지 않아서 좋다.

코르크의 험담을 은근히 즐기면서 말이다.

잠시 후.

마지막 휴식처라고 할 수 있는 F25 구역에 도착했다.

"이제 곧 무법지대군."

"맞아. 1구역만 더 가면 되는 거라고! 기다리고 기다리던 무법지대, 중간지역이지. 거기서 제대로 한번 싸워보자고. 싸워서 우리 실력도 키우고. 그러다가 정복이라고 하면……"

"무법지대의 왕이 되는 거지."

"왕, 왕이라고! 크흐흐흐!"

코르크가 기괴하게 웃었다.

"흐흐흐, 쿨럭, 쿨럭."

이내 사레가 들렸는지 기침을 해버렸지만.

"한심한 놈."

"쿨럭, 크흠. 흠흠. 됐고, 어서 가자고!"

스켈레톤은 말없이 뒤를 따랐다.

가는 길에 나타난 마수들.

무법지대로 가는 마지막 길이었기 때문일까.

"많은데?"

정말로 숫자가 많았다.

"에이, 몰라. 그냥 돌파다!"

거기서 좀비와 일반 스켈레톤 대부분이 죽어버렸다.

-돌진!

-강한 일격.

-파워샷.

-파이어 스피어.

그러나 남은 이들은 진화를 거친 정예 중의 정예. 게다가 각 1번대 스켈레톤은 지휘권한의 문양까지 착용한 상태였던지라 움직임에 군더더기가 없었다.

-아머나이트들은 사방으로 흩어져라!

-알겠다.

-오른쪽이 비었다!

그에 재빨리 빈자리를 메우는 아머나이트.

콰지직.

직후 전신이 부서진다고 하더라도 군말 없이 그 명령을 따랐다. 빈틈없는 움직임, 그리고 절대적인 복종, 거기에 목숨을 도외시한 치열함이 전장을 은연중에 지배하고 있었다.

-오른쪽!

아머나이트는 대열을 지키기 위해 안간힘을 썼다.

그 뒤에서 아머메이지가 마법을 연사했고.

쿠구구궁!

기마궁수는 기동력을 바탕으로 사방으로 흩어지고 모이기를 반복하며 마수를 농락했다.

-아머기마병, 돌진!

-돌진!

그 주변에는 항상 아머기마병이 있었는데 그들은 다가오려는 마수를 막아내거나 밀어내는 역할을 맡았다. 돌진 스킬을 시기적절하게 활용한 덕분에 어렵지 않은 일이었다. 가끔은 돌진 스킬과 가속 찌르기를 활용하여 마수의 굳건한 진열을 무너뜨리기도 했다.

"크, 역시……."

치열하게 싸우는 와중에도 코르크는 감탄했다.

"갈수록 놀랍다니까."

"동감한다."

보쿠마 역시 고개를 끄덕였다.

정말 놀랍군.

지금처럼 성장한다면 머지않아 무법지대를 지배할지도 몰랐다. 중간지역의 왕. 새로운 마왕이 탄생할지도 모르는 것이다.

그때 마수 한 마리가 코르크를 덮쳤다.

"하, 이 자식이!"

손을 휘젓는 것으로 간단하게 죽여 버린 코르크.

"흐흐흐."

그 역시 예전과 비교할 수 없을 만큼 강해진 상태였다.

상급 마족도 얼마 남지 않았어!

웃으며 남은 마수들을 학살하기 시작했다.

"끝이군."

"다시 가자고!"

무법지대가 코앞이었다.

얼마나 나아갔을까.

"드디어 왔다!"

도착한 무법지대. 그 입구라 할 수 있는 지역에서 그들은 다수의 살기를 느꼈다.

"흐음? 두 녀석에, 이상한 뼈다귀들?"

나타난 이들은 정확히 일곱.

하나같이 그 기세가 심상치 않았다.

두 녀석은 중급. 다섯이 하급. 한 놈은 상급이었다.

"시작부터……."

"환대가 대단한걸?"

코르크와 보쿠마의 입가로 미소가 그려진다.

"뭐, 기껏해야 입구나 지키는 허접한 놈들이잖아."

"동감한다."

"쓸어버리자고."

둘의 말에 무법지대 외곽에서 살아가는 여덟 마족의 표정이 악귀처럼 일그러졌다.

"이 새끼들이……!"

"죽여서 데려와라."

"예!"

상급 마족의 명령에 하급 마족 다섯이 달려들었다.

"쟤들 약한 놈이니까 좀 맡아줘."

지휘 권한을 가진 스켈레톤들이 고개를 끄덕였다.

-아머기마병, 전원 돌진!

-우리도 간다.

기마병이 지면을 차고 그 뒤를 자이언트 오우거, 설인, 등이 따른다.

"뼈다귀 새끼들이!"

가장 먼저 부딪힌 아머기마병이 뒤로 밀려났다. 하급 마족 역시 돌진 스킬로 인해 피해를 입었지만 미미한 편이었다. 입가로 미소가 걸리려는 찰나, 좌우측에서 함께 달리던 아머기마병 두 마리가 창을 내뻗었다.

-가속 찌르기!

돌진으로 인한 여파와 가속 찌르기.

두 스킬이 절묘하게 어우러진다.

"크흡……!"

그 충격에 하급 마족은 뒤로 미끄러졌고.

쿠웅.

그 순간 등 뒤에 안착한 붉은 오크 대전사가 대검을 횡으로 그었다. 그리고 넉백을 사용하여 아머기마병에게 농락하고 있던 다섯 마리의 하급 마족을 모두 앞쪽으로 밀어버렸다.

직후 뿜어진 기파에 몸을 비틀거린다.

-강한 일격!

-파워샷!

-아이스……!

각종 스킬이 터지면서 하급 마족을 가격했다.

콰아아앙!

먼지가 사라진 뒤. 남은 건 마족들의 시체뿐이었다.

"푸, 푸하하하! 아이고, 배야! 뼈다귀라고 놀리더니 죽어버렸네? 키킥, 크히히힉!"

요망한 웃음에 남아 있던 중급 마족 두 명의 표정이 분노로 벌게졌다. 그러나 쉽게 덤벼들진 못했다. 이미 하급 마족이 죽어버린 광경을 두 눈으로 확인해 버렸기 때문이다.

"재밌는 놈이군."

그때 상급 마족이 나섰다.

"그래, 그 웃음. 언제까지 갈지 보겠다."

그제야 코르크가 웃음을 지웠다.

놈에게서 뿜어진 압도적인 기운 때문이었다.

"역시, 상급이네."

"위험한데."

"튀자."

"뭐……?"

"튀자고."

코르크와 보쿠마가 등을 돌려 달아나기 시작했다.

"뒤를 부탁해, 친구들! 다음에 보자고!"

남은 스켈레톤만이 고군분투했다. 그러나 역시, 상급 마족에겐 역부족이었다.

무혁은 떠오른 메시지를 읽었다.

[소환수가 북쪽 구역을 벗어납니다.]
[소환수가 중간 지역, A1 구역 호큰 마을에 들어섰습니다.]
[시작 구역을 호큰 마을로 변경할 수 있습니다.]

무혁의 눈에서 흥미가 떠올랐다.
중간 지역이라고?
처음으로 듣는 지명이었다.
그런 곳도 있었던가.
순간 의문이 하나 들었다.
그러면 중간 지역엔 마왕이 없는 건가?
동서남북. 네 곳에 위치한 이들이 마왕이니 중간 지역에는
마왕이 없을지도 모를 일이었다. 알고 있는 지식을 토대로 생
각한다면 분명하리라.
호오.
꽤나 흥미로운 지역으로 스켈레톤이 들어선 것 같았다.
재밌겠네.
생각을 정리하고 손을 뻗었다.

[시작 구역이 A1, 호큰 마을로 바뀌었습니다.]

그로부터 얼마 지나지 않았을 무렵이었다.

[소환수가 경험치를 획득합니다.]×5

꽤나 높은 경험치를 획득했다. 그것도 연이어서.

직후, 갑자기 소환수가 빠르게 죽어버렸다.

"음?"

강한 적이라도 만난 모양이었다.

뭐, 경험치는 많이 얻었으니.

충분히 만족하고 있는데 갑자기 유저들이 모여들었다.

"저, 저기 무혁 님?"

"네?"

"혹시 경매장에 올라온 10강 무기, 직접 만드신 건가요?"

"아, 맞아요."

"와, 대박이네요. 완전 축하드립니다."

"고맙습니다."

"크, 사실 7강짜리 무기 그냥 받아도 되나 싶었는데. 한결 마음이 놓이네요."

"그래요? 부담 갖지 않아도 돼요. 제가 만들어주고 싶어서 그러는 건데요."

"하하, 네. 알겠습니다. 감사합니다!"

"무기 좋은 가격에 팔리길 기도할게요!"

"고마워요."

이후로도 꽤나 많은 축하의 인사를 받았다.

기분 나쁘지 않네.

본래 좋은 일에는 날파리가 꼬이는 법.

그런데 의외로 8강까지 더 만들어달라거나, 혹은 자신들도 장인의 강화를 사용해서 7강으로 만들어 달라고 요구하는 이들은 없었다. 그래서 기분이 더 좋은 것인지도 몰랐다.

다음 날.

두 번의 공격을 막아내고 해가 떨어질 즈음.

"급한 일 생기면 연락하고."

"응, 오빠."

"근데 진짜로 같이 안 봐도 돼?"

"괜찮아. 거리도 멀고."

"그래, 그럼 주말이나 시간 될 때 보자."

"응! 난 언니랑 놀고 있을게."

그에 무혁이 웃었다.

"오빠도, 알지?"

"그래, 알았어."

은밀한 시선을 주고받은 후 로그아웃을 했다.

"흐음, 뭐지? 수상한데?"

"수상하긴 무슨. 어서 가, 우리 오빠 기다리게 하지 말고."

"그래, 알았다."

뒤이어 성민우도 게임에서 빠져나갔다.

"대충 입자."

무혁은 바로 옷을 갈아입고 휴대폰을 손에 쥐었다. 생각보다 많은 부재중 통화가 남겨진 상태였다. 확인했지만 대부분이 모르는 번호였다.

귀찮은 마음에 그냥 휴대폰을 주머니에 넣고서 집을 나섰다. 지난번 갔었던 치킨 집이 목적지였다.

도착하니 이미 성민우가 자리를 잡고 앉아 있었다.

"왔냐?"

"어."

그의 맞은편에 앉은 후에야 휴대폰을 꺼냈다.

"흐음."

"왜?"

"부재중 연락이 많아서."

"아, 10강짜리 무기 때문에 온 거 아냐? 방송사라든가?"

"그런가."

고민하다가 단체 문자를 보냈다.

[누구세요?]

뒤이어 휴대폰이 연이어 진동했다.

두드, 드드, 드드드드.

문자가 엄청나게 쏟아졌다.

게다가 전화까지.

실수로 통화 버튼을 눌러 버린 무혁.

"아, 이런. 크흠, 여보세요?"

-안녕하세요. 저희는 SBT 방송국입니다.

"SBT 방송국이요?"

-네. '제2의 세상, 일루전'을 기획하고 있는 안성호 PD입니다. 혹시 저희 프로그램에 나와 주실 수 있을까 싶어서 연락을 드렸습니다. 특집으로 만들어서 내일 바로 방영될 수 있게 해 드리겠습니다. 이번 10강 아이템 제대로 홍보도 될 겁니다. 물론 대우 역시 남부럽지 않을 거구요.

"아, 죄송합니다."

-그러지 마시고, 제가 그러면…….

"죄송해요."

무혁은 사과한 후 전화를 끊었다.

두드드드.

끊자마자 또 전화가 울렸다.

"전화가 끊이지를 않네, 아주 그냥."

"폰을 바꿔야겠다……."

그러면서 성민우를 빤히 쳐다봤다.

"왜? 얼굴이 뭐 묻었냐?"

"흐음."

무혁은 예린과 나눴던 비밀스러운 대화를 떠올렸다. 이곳에 나온 이상, 반드시 이뤄야만 할 단 하나의 목적.

"너 말이야."

"뭐? 뭔데."

무혁의 표정이 한껏 진지해졌다.

묵직해진 분위기 속에서 뱉어지는 무혁의 음성.

"지연이, 좋아하지?"

순간 성민우의 동공이 한껏 확대되더니 크게 흔들렸다.

"지, 지연이…… 누나? 너희 누나 말이야? 미쳤냐? 내가 너희 누나를 왜 좋아해."

"아니, 이 미친놈아. 우리 누나 말고. 김지연!"

"무, 뭔 소리야?"

"티가 다 나는데 뭘 이제 와서 숨기려고 해. 바보냐?"

"티가…… 다 난다고?"

"어."

"그 정도냐……?"

성민우가 얼굴을 푸욱 하고 숙였다.

"뭐야, 설마. 지금까지 나름 감추려고 했다, 뭐 그런 거?"

"다, 당연하잖아."

"에휴, 지연이도 너 좋아하는 것 같던데?"

"뭐? 진짜?"

"그것도…… 몰랐냐?"

"어, 어어."

"그냥 고백해. 받아줄 것 같으니까."

"에이, 설마……."

"하, 너 원래 들이대는 스타일이었잖아. 왜 이래?"

"그, 그거야 그런 여자들이랑 같냐, 지연이가!"

"오호……."

성민우가 맥주를 들이켰다.

"아무튼 무조건 고백해라."

"고백은 무슨."

"하면 100퍼센트야, 100퍼센트."

"……."

성민우가 흔들리기 시작했다.

"무조건이라니까."

"시발, 진짜지?"

"그래!"

"오케이, 알았다. 고백한다, 내가!"

"언제?"

"이, 이번 주말에!"

"기대할게."

무혁은 웃은 후 몸을 살짝 틀어 고개를 살짝 들었다.

"오, 시작하네."

일루전의 세계를 흥미롭게 시청했다.

무혁이 숨겨진 장소를 찾아내는 순간 일루전의 세계가 끝났다.

"여기서 멈추네?"

"그러게."

"으으, 다음 주가 궁금하잖아! 이거 완전 절단마공이네."

"절단마공?"

"모르냐?"

"어."

"마지막에 궁금증을 유발시켜서 다음 내용을 무조건 보게 만드는 걸 절단마공이라고 한단다. 아가야. 소설이랑 웹툰도 안 보고 사냐?"

"바빠서 말이다."

"쩝, 아무튼 다음 주도 무조건 본방사수다!"

"내가 쓰레기로 나왔는지 아닌지 확인해야 되니까?"

"오브 콜스!"

"미친놈. 아무튼, 슬슬 가자. 꼭 고백하고."

"알았다고."

그렇게 헤어진 두 사람.

무혁은 바로 집으로 돌아가 일루전에 접속했다.

"오빠, 왔어?"

"응. 지연이는?"

"요리 중이야."

"그래?"

무혁이 음흉하게 웃어 보였다.

"그보다, 어떻게 됐어?"

"헤헤. 얘기해 보니까 100퍼센트야."

"그치?"

"응, 민우 오빠는?"

"고백하겠대."

"우와, 드디어……!"

무혁과 예린, 둘 모두 기대감에 눈을 반짝였다.

"참, 오빠. 일루전의 세계는 잘 나왔어?"

"응, 괜찮더라."

"그 부분은?"

"이번엔 좀비술사 발견하기 직전에 끝났어."

"아, 그렇구나."

그때 성민우가 게임에 접속했다.

"크흠……."

괜히 어색한지 혼자 헛기침을 하더니 무혁에게 다가왔다.

"지연이는?"

"안에서 요리 중."

"으응."

어물쩍거리며 건물로 들어서는 성민우.

"100퍼센트라고. 무조건. 알지?"

뒤에서 들리는 무혁의 소리에 고개를 끄덕였다.

"알았다고……."

그래도 긴장이 되는 건 어쩔 수 없었다.

두근, 두근.

심장이 고장이라도 나버린 모양이다.

돌아버리겠네.

겨우 심호흡을 하고 문을 연다.

끼이익.

저 멀리, 요리하는 김지연이 시야에 들어왔다.

예쁘다, 시발.

그런 생각을 하며 걸음을 옮겼다.

그래, 하자!

주먹을 꾸욱 쥐고서 다짐하고 또 다짐했다.

"저, 저기……!"

"으웅?"

"나, 나랑 사귀자!"

뜬금없는 고백에 김지연이 당황한다.

그래도 한 번은 튕겨도 좋아.

예린의 충고를 되새기며 고개를 숙였다.

"새, 생각해 볼게……."

그게 그녀로선 최대한의 튕김이었고.

"으, 으윽……."

그것만으로도 성민우는 절망감을 느꼈다.

결과적으로 성민우와 김지연은 1일이 되었다.

"고맙다, 짜식!"

"내가 말했잖아, 백퍼라고."

"그래도 처음에 생각한다고 했을 때 얼마나 쫄렸다고."

"어이구, 멍청아."

"아무튼 내가 다음에 크게 한턱 쏜다!"

"그래라."

"그보다 조금 있으면 끝이지?"

"어, 맞아. 슬슬 내려가려고."

오늘, 드디어 좀비술사의 힘을 얻게 되리라.

"일루전TV는 틀었고?"

"아니, 아직."

"틀 거냐?"

잠깐 고민하던 무혁이 고개를 저었다.

"됐어. 일단 확인부터 하고. 나중에 틀지, 뭐."

"그래."

"아, 예린이랑 지연이도 불러줘."

"오케이!"

곧이어 모두 모인 네 사람. 무혁을 선두로 하여 지하로 내려갔다.

"몇 분 남았냐?"

"잠깐만."

곧바로 시간을 확인했다.

[남은 시간 : 14분 19초.]

절로 미소가 그려졌다.

"14분."

"와, 진짜 조금 남았네, 오빠?"

"오우, 대박. 기대되는데?"

조금만 있으면 된다, 정말 조금만.

후아.

괜스레 긴장이 되었다.

"일단은 앉아서 기다릴까?"

"좋지."

네 사람은 자리에 앉아 수다를 떨었다.

시간이 꽤나 더디다. 하지만 큰 문제 없이 흘러갔다.

"어? 벌써 10분 넘게 지났는데?"

"그래?"

무혁이 자리에서 일어났다.

1분도 남지 않았다.

30초, 20초, 10초…… 0.

[S등급 목표를 달성하셨습니다.]
[보상을 획득합니다.]
[좀비술사의 힘 전부가 캐릭터에 깃듭니다.]

어두운 기운이 떨어진다. 번개가 내리꽂히는 느낌이었다.

[상위 직업, 조폭 네크로맨서가 좀비술사의 힘을 집어삼킵니다.]
[스킬이 변화되어 적용됩니다.]

갑자기 떠오른 내용에 무혁이 고개를 갸웃거렸다.

스킬 변화?

무엇보다 조폭 네크로맨서가 상위 직업이라는 게 신기했다. 두 직업 모두 숨겨진 직업으로 알고 있었고, 어느 것이 더 뛰어나단 생각은 하지 않고 있었기 때문이다.

하지만 시스템이 판단을 내렸다면 무혁은 수긍할 수밖에 없었다.

아쉽네, 좀비술사. 아주 마음에 드는 스킬이 많았었건만.

제발, 좋게 떠라.

그 순간 홀로그램이 눈앞을 채웠다.

[스킬 '데스 스켈레톤 소환'을 습득합니다.]
[스킬 '데스 스켈레톤 자폭'을 습득합니다.]
[스킬 '데스 스켈레톤 강화…….]

총 7개의 스킬이었다. 곧바로 스킬들을 하나씩 확인했다.

"미친……."

웬만한 보상에는 크게 반응하지 않는 무혁이었지만 지금만큼은 그럴 수가 없었다. 생각하지도 못했던 형태로 스킬이 바뀌었는데, 그게 꽤나 충격이었다.

"뭐야, 왜 그래?"

"오빠, 왜?"

"어어, 그러니까. 어, 스킬이 변했어."

"엥? 바뀌었다고?"

"어. 좀비술사가 조폭 네크로맨서의 하위 직업이라나, 뭐라나."

"아이고, 그래서?"

"스킬은 어때?"

무혁의 멍한 표정만 봐선 도무지 감이 잡히지 않았다.

"망했냐?"

그제야 고개를 저으며 부정했다.

"아니, 대박이야……!"

스킬이 하나같이 마음에 들었던 것이다.

[데스 스켈레톤 소환]

전투가 벌어지는 곳. 벌어졌던 곳에는 반드시 죽음이 있다. 죽음의 흔적을 찾아 되돌릴 수 없는 생명조차도 스켈레톤으로 탄생시켜 불러낸다. 데스 스켈레톤은 존재만으로 상대방에게 큰 혼란을 야기한다. 단, 보다 강력한 데스 스켈레톤을 불러내기 위해선 반드시 그에 합당한 재물이 필요하다.

　-쿨타임 : 없음.

　-필요 MP : 1마리당 50.

[데스 스켈레톤 자폭]

　데스 스켈레톤을 희생하여 치명적인 대미지의 광역 폭발을 일으킨다. 상대방의 충격 흡수율을 30퍼센트 무시한다.

　피해량 : HP의 총량에 비례.

　-쿨타임 : 없음.

[데스 스켈레톤 강화]

　재물을 소모하여 데스 스켈레톤을 보다 강하고 빠르게 강화시킨다.

[데스 스켈레톤 리바이브 1Lv(0%)]

죽어버린 데스 스켈레톤 10마리를 되살려낸다.

　-소모 MP : 1마리당 50.

　-쿨타임 : 30분.

[데스 소울 1Lv(0%)]

죽음의 에너지를 손가락에 집중시킨 후 쏘아 보낸다.

　피해량 : 마법 공격력×250%

-소모 MP : 200.

-쿨타임 : 30초.

[데스 스페이스 1Lv(0%)]

죽음의 기운을 한 곳에 집중시킨다. 해당 공간에 위치한 이들은 모든 신체능력이 20퍼센트 감소한다. 단, 공간에서 빠져나오는 순간 본래대로 돌아간다.

-소모 MP : 350.

-쿨타임 : 300초.

[데스 큐어 1Lv(0%)]

데스 스켈레톤에게 죽음을 불어넣어 HP를 채운다. HP를 넘어가는 회복량은 보호막으로 전환되어 피해를 막아내며 3회까지 중첩 가능하다. 300초 이상 피해를 받지 않을 경우, 300초가 지나면 보호막이 사라진다.

-치유량 : 마법 공격력×150%

-소모 MP : 200.

-쿨타임 : 50초.

기대와 흥분이 좀처럼 가시지 않는다.

"후우, 일단 나가자."

"어어, 그래."

지하실에서 빠져나온 무혁은 먼저 기사를 만났다. 그에게서 큰 문제가 없음을 확인한 후 군마를 불러냈다.

"나 사냥터 좀 갔다 올게."

"오빠, 스킬 시험하려고 그러지?"

"응, 미리 파악해 둬야지."

"나 구경해도 돼?"

"물론."

"그럼 다 같이 가든가."

"오케이!"

군마를 타고서 근처 사냥터로 향했다.

"저 녀석으로 하자고."

방어력은 높고, 공격력은 낮은 200레벨의 킹 터틀이었다. 시험을 하기엔 이보다 더 안성맞춤일 수가 없었다.

"음, 먼저……. 데스 스켈레톤 소환."

기대하던 소환의식은 벌어지지 않았다.

[데스 스켈레톤을 소환하기 위해선 제물이 필요합니다.]
[어떤 제물을 사용하시겠습니까?]

순간 시야로 녹색 점이 생겨났다.

흐음, 이걸로 맞추는 건가?

잠시 나무 한 그루를 주시해서 바라보고 있노라니.

[타인의 것은 제물로 사용할 수 없습니다.]

메시지가 떠올랐다. 미간이 찌푸려졌다.

설마 아이템이라도 바치라고?

인벤토리에서 검을 꺼내어 주시했다.

[아이템 '강력하고 매혹적인 롱소드'를 제물로 바치겠습니까?]

일단은 '아니오'를 택했다. 어디까지 재물로 인정하는지 파악해야 되니까.

이것저것 실험을 하는 무혁.

"흐음."

녹색 점은 크기를 키울 수도 있었다. 하지만 아무리 실험을 해봐도 아이템이 아니면 제물로 인식하지를 않았다.

그때 터틀이 지척까지 다가왔다.

"어이, 뭐 하냐."

"음? 스킬 확인 좀 하는 중이라."

"그럼 저 터틀은 내가 맡는다?"

"어어, 그래."

성민우가 정령을 소환했다.

그 정령을 잠깐 쳐다보는 무혁.

[타인의 것은 재물로 사용할 수 없습니다.]

순간 망치로 한 대 얻어맞은 기분이었다.

그래, 왜 그 생각을 못 했지?

급히 스켈레톤을 불러냈다. 녹색 점을 조작하여 범위를 넓힌 후 그곳에 일반 검뼈를 모두 넣어봤다.

[소환수 96마리를 제물로 바치겠습니까?]

드디어 아이템을 제외하고 처음으로 인식이 되었다.

됐어! 소환수도 재물로 인식되는 거였어!

무혁은 바로 예스를 누르고 MP 5천을 소모하여 100마리의 데스 스켈레톤을 불러냈다.

두드드.

고대하던 소환 의식이 치러졌다. 지면이 미세하게 진동하더니 검은 연기가 아래에서부터 솟구치기 시작한 것이다.

"소환한 거야, 오빠?"

"응, 100마리만."

"우와……."

검은 연기가 형체를 갖췄다.

데스 스켈레톤. 생각보다 더 위압감 넘치는 모습에 무혁은 자기도 모르게 헛웃음을 터뜨렸다.

걸음을 옮겨 데스 스켈레톤에게 다가갔다. 거리가 좁혀지자. 녀석들의 생김새가 보다 자세하게 눈에 들어왔다.

오호라.

무기나 방패를 착용하고 있진 않았지만 주먹의 뼈가 너클처럼 생긴 터라 대미지를 입히기엔 부족함이 없어 보였다.

몸체가 조금 얇다는 생각은 들었다. 물론 진화를 거친 아머 나이트와 비교를 했을 때의 이야기였다. 일반 검뼈보다는 훨씬 더 무게감이 있어 보이는 검정색의 뼈로 신체가 구성된 터라 의외로 존재감이 상당했다.

특이하네, 진짜.

게다가 신체 곳곳에 날카로운 뼈가 조금씩 튀어나와 있어서 단순하게 돌진하는 것만으로도 적들의 살점을 잔인하게 뜯어 버릴 것 같았다.

키는 2미터 정도. 음산한 기운이 물씬 풍긴다.

이름 : 데스 스켈레톤1

레벨 : 233

HP : 18,230 / MP : 4,630

힘 : 161 / 민첩 : 156 / 체력 : 159

지식 : 46 / 지혜 : 51

직접 확인을 해보니 스탯도 상당했다.

하긴, 내 스탯도 추가되니까.

HP, 그리고 MP를 확인하고 추가되는 스탯을 예측해서 계산을 해보니 데스 스켈레톤이 지녔어야 할 힘, 민, 체력의 스탯은 각각 70 정도일 것으로 추측이 되었다.

그러나 무혁의 스탯을 추가로 적용받으면서 뻥튀기가 되어 150이 넘는 스탯을 지니게 된 것이다.

진화를 거친 스켈레톤보다는 많이 낮은 수치였지만 일반 스켈레톤을 희생하여 만들어낸 게 이 정도였기에 넘칠 만큼 만족스러웠다.

[죽어버린 기운]

존재만으로도 반경 5m에 중독, 혼란, 둔화 등의 효과를 준다. 효과는 랜덤으로 적용되며 반경을 벗어나는 순간 사라진다.

[연속 찌르기 1Lv(0%)]

빠른 속도로 다섯 번을 찌른다.

-물리 공격력×120%

-필요 MP : 100.

-쿨타임 : 40초.

스킬도 무혁의 기대를 배반하지 않았다.

그렇게 한참을 살펴보던 무혁은 순간 의문이 하나 생겼다.

제물을 그대로 하고 소환 숫자를 줄이면 더 세지려나?

숫자를 늘리면 약해지고?

일단 그건 나중에 실험을 해봐야 할 것 같았다.

지금 확인 가능한 것부터.

무혁은 곧바로 데스 스켈레톤을 킹 터틀에게 보냈다.

"민우야, 뒤로!"

"오케이!"

킹 터틀을 상대하던 성민우와 정령이 뒤로 빠지고 그 자리를 데스 스켈레톤이 차지한다. 먼저 거리를 좁혀보니.

[킹 터틀이 느려집니다.]

죽어버린 기운이 킹 터틀에게 먼저 들어갔다.

데스 스켈레톤1, 연속 찌르기.

이후 움직임이 둔해진 녀석의 등껍질을 노렸다.

푸푸푹.

데스 스켈레톤이 너클처럼 생긴 주먹을 내뻗는데, 그 속도가 엄청났다. 마치 한 번만 휘두른 것 같았는데 어느새 킹 터틀의 등껍질에 기스 다섯 개가 나버린 것이다.

[킹 터틀에게 133의 대미지를 입힙니다.]×5

대미지는 조금 아쉬웠지만 한 마리가 650 이상의 HP를 깎아버린 것이니 어찌 생각하면 충분하다고 볼 수도 있었다.

게다가 다른 스킬이 있으니까.

그렇게 본다면 결코 나쁘지 않은 수준이었다.

다음은, 강화.

무혁은 데스 스켈레톤을 강화하기로 했다. 제물이 마땅한

게 없었기에 어쩔 수 없이 아머나이트 10마리를 희생시켰다.

[데스 스켈레톤의 모든 능력치가 소폭 상승합니다.]

다시 한번 연속 찌르기를 지시했다.

푸푸북.

이번에는 167씩, 총 885의 피해를 입혔다.

괜찮은데?

무혁의 고개가 절로 끄덕여진다.

이번에는 자폭.

다섯 마리의 데스 스켈레톤이 뛰어들었다.

쾅, 콰과과광!

연속되는 폭발에 킹 터틀의 등껍질이 꽤 손상되었다.

[킹 터틀에게 3,950의 대미지를 입힙니다.]×5

총 HP의 20% 수준. 대충 그 정도의 대미지가 들어갔다.

중요한 건 그게 아니다. 방어력을 30프로로 무시하는 자폭 스킬이니, 방패를 착용한 이들에게도 최소한 60프로 정도의 대미지는 들어간다고 보면 된다. 그러니 어떤 상황이더라도 2,370가량의 피해는 무조건 입힐 수 있는 것이다.

10마리면? 무려 23,700이었다.

풍폭도 있었지.

자폭하려는 데스 스켈레톤에게 풍폭을 걸어준다면 그 효과
는 더욱 커질 터.

　"이거, 정말……."

　무혁의 중얼거림에 옆에 있던 예린이 고개를 갸웃거렸다.

　"오빠, 왜?"

　"아니, 너무 마음에 들어서."

　미쳐 버릴 정도로 말이다.

제7장
눈에는 눈, 이에는 이

킹 터틀을 상대로 모든 스킬을 실험해 봤다. 일부러 놈에게 당하도록 만든 후, 데스 큐어도 사용했고, 죽을 때까지 방치한 후 데스 스켈레톤 리바이브도 사용해 봤다. 직접 나서서 데스 스페이스와 데스 소울의 효과도 느껴보았다.

그 결과는 대만족. 하나같이 무혁의 기대를 충족시켰다.

거기서 실험이 끝이 아니었다. 시간을 소모하여 데스 스켈레톤을 세 번이나 더 소환했다. 일반 검뼈를 제물로 삼아서 10마리만 부르기도 했고 200마리를 불러내기도 했지만 결과는 똑같았다.

데스 스켈레톤의 능력치는 달라지지 않았다. 결국 MP가 허용하는 한도 내에서는 최대한 놈들을 많이 살려내는 것이 가장 이득이었다.

군마도 제물로 삼아 봤었지. 결과물은 일반 검뼈가 훨씬 더 능력치가 좋다는 것.

하지만, 쓸모는 있었다. 강화의 제물로 군마를 사용하면 되었기 때문이다. 최고의 결과물은 물론 아머나이트를 모두 소모하여 소환하는 것이겠지만 사실상 그건 오히려 전력을 깎는 일이었기에 패스.

일반 검뼈를 모두 바쳐서 데스 스켈레톤을 불러내고, 군마로 그들을 강화하면 가장 뛰어난 전력을 얻게 된다는 걸 확인했다.

마지막으로 하나 더. 아이템을 착용시켜 봤지만 불가능했다. 검과 방패 역시도.

"이제 다 됐냐?"

"어, 끝이다. 검, 방패를 못 들게 하는 건 아쉽지만."

"별수 없지. 이제 가자."

"그래."

스킬을 확인하기 위해 보낸 시간이 1시간 50분가량. 이미 2시간 거리에 낯선 자가 없음을 확인하고 나온 터라 소도시는 아무 문제 없이 평화로웠다.

"이제 여기도 안녕이네."

"그러게."

소도시로 들어서면서 주변을 둘러본다.

"나름 정들었는데."

"정은 무슨."

어차피 NPC도 없는 도시였다. 전쟁이 마무리되거나 안전이 확보되어야 도망친 NPC들이 다시 돌아올 것이다. 그렇게 되어야만 생기가 넘칠 것이다. 지금은 아무도 살지 않는 죽어버린 공간이었다. 오래 있고 싶은 마음은 딱히 없었다.

"오셨습니까."

그때 기사가 무혁에게 다가왔다.

"아, 네."

"전해 드릴 소식이 있습니다."

"소식이요?"

"네, 소도시 탈환을 이어갈 필요가 없어졌습니다."

"그 말은……."

"네, 모든 마을과 소도시를 탈환했습니다."

옆에서 듣고 있던 성민우, 예린, 김지연도 놀라워했다.

"그럼 전쟁은 어떻게 되는 거죠?"

그 말에 기사의 표정이 보다 굳건해졌다.

"본격적으로 시작될 겁니다."

"네?"

"이제 저희가 카이온 대륙으로 넘어갈 차례니까요."

"아아……!"

"그리고 바로 헤밀 제국으로 가보셔야 할 것 같습니다."

"헤밀 제국은 왜요?"

"아뮤르 공작님이 반격을 선포할 것이기 때문입니다. 총 책임자가 되어 모든 이방인을 이끄는 것으로 알고 있습니다. 다른 용병 이방인들 역시 헤밀 제국으로 모일 겁니다."

"그렇군요. 알겠습니다. 그러면 바로 가야죠."

"저는 병사들을 인솔해야 하니, 따로 가겠습니다."

"네, 근데 헤밀 제국 어디로 가야 하죠?"

"아, 중앙 광장입니다."

"알겠습니다. 가서 뵙죠."

작은 전투는 여기서 끝이다. 아뮤르 공작이 총책임자로 지휘를 이끌게 된다면 분명 전투의 규모가 커질 것이다.

"바빠지겠구만."

"좋지, 뭐. 카이온 유저는 죽이면 경험치도 주니까."

"쏠쏠하지."

"공헌도 올리면 보상도 끝내줄 거고."

"인정."

"그럼 가자고!"

크게 외치는 성민우를 보며 무혁이 고개를 저었다.

"다른 유저들한테도 말해야 되고, 대부분 참가할 텐데. 같이 가야지."

"아, 맞다. 깜빡했네."

머쓱하게 웃는 성민우.

무혁은 급히 유저들을 한자리에 모아 상황을 설명해 줬다.

"오호, 그럼 카이온으로 넘어가겠네요."

"그럴 거예요."

"어, 저기……."

"네."

"아직 7강짜리 무기 못 받은 사람들은 어쩌죠?"

"전쟁에 참여하시는 분이면 어차피 같이 움직일 테니까 가는 동안 해드릴게요. 참여 못 하시게 된 분은 제가 나중에 따로 꼭 해드리구요."

"아아, 네. 고맙습니다!"

"자, 그럼 참여하실 분은 지금 바로 헤밀 제국으로 가죠."

그에 유저 전부가 몸을 일으켰다.

"어? 다 참여하시나요?"

"그럼요."

"대규모 컨텐츠잖아요. 무조건 참여해야죠."

"그럼 가시죠. 군마 소환."

"군마 소환."

무혁을 포함하여 조폭 네크로맨서 유저가 군마를 불러냈다. 유저들은 고맙다고 인사하며 한 마리씩 군마를 잡아탔다.

"갑니다!"

모두 함께 헤밀 제국으로 향했다.

마계 A1 구역, 호큰 마을.

코르크와 보쿠마가 심각한 표정으로 대화를 나눴다.

"입구부터 상급이라니, 당황스럽긴 하더라."

"흐음."

"일단 기다리자고."

"그래야지."

하지만 그것도 잠시.

"에이, 뭐. 조금 있으면 잡겠지."

긍정적으로 생각하며 시간을 즐겼다. 스켈레톤이 죽은 뒤에는 호큰 마을에서 지내며 가진 돈을 사용해 풍족한 삶을 영위했다.

안타깝게도 이곳에서는 중급 마족이 흔한 까닭에 주민들이 공짜로 먹여주거나 재워주진 않았다.

하지만 재화를 소모해 좋은 곳에서 묵고, 맛있는 걸 먹었다. 그러다 스켈레톤이 나타나면 힘을 합쳐 무법지대로 들어섰다. 물론 그때마다 상급 마족에게 막히면서 도망을 반복했지만 말이다.

그게 몇 번이나 반복이 되었고.

"에라이, 젠장!"

"어쩔 거냐."

"확, 다음엔 그냥 들이받아 버릴까."

서서히 짜증으로 전환되었다.

"아직 힘이 부족하다."

"하, 안다고. 젠장. 우리가 더 강해지든가 뼈다귀들이 더 강해지든가. 둘 중 하나는 이뤄져야 비비기라도 할 텐데."

"시간이 답이다."

"그동안 그 상급 마족은 그냥 있겠냐?"

"동료를 믿어야지."

"뼈다귀를?"

"그래, 성장 속도가 대단하니까."

"그건 그렇지. 그 녀석들이랑 동료가 된 게 우리의 행운일 테니까. 앞으로도 쭈욱, 오랫동안 같이 가자고!"

"난 좋다."

그 순간 밖이 소란스러워졌다.

"오, 왔나?"

나가보니 어마어마한 숫자의 스켈레톤이 마을 중앙을 차지하고 있었다.

"헐, 뭐, 뭐냐?"

"숫자가 많이 늘었다."

가만히 살펴보니 낯선 종류의 스켈레톤이 보였다.

"희한하게 생겼는데?"

색깔부터가 특이했다.

"까맣군."

"무기도 없고. 방패도 없고."

"몸집은 얇은 편이고."

"어? 잠깐만. 근데 더 얇은 녀석들이 안 보이잖아."

"그렇군."

코르크와 보쿠마가 아머나이트에게 다가갔다.

"저 뼈다귀는 뭐야? 새 동료?"

아머나이트가 검을 바닥에 그었다.

그, 렇, 다.

"계속 같이하려나?"

아, 마, 도.

"오오, 실력은 어때?"

괜, 찮, 다.

"좋구만, 좋아. 저 검은 뼈다귀만 200마리는 될 것 같은데…….
오늘 한 번 비벼볼까?"
　"나쁘지 않을 것 같군."
　이 정도 숫자라면 가능성이 있었다.
　"그럼 가자고!"
　오랜만에 전투 의욕이 샘솟는다.
　"오늘은 그 새끼, 꼭 죽인다!"
　상급 마족, 놈을 처치하는 것이 단순히 목적은 아니었다. 녀
석을 죽인다는 건 놈이 관리하는 구역을 획득한다는 의미였
으니까. 좁은 공간이겠지만 그래도 무법지대에 속한 구역 하
나를 정복할 기회가 온 것이다.
　보무도 당당하게.
　코르크의 모습이 딱 그러했다.
　어깨를 높이고 가슴을 활짝 편 채로 걸음을 내디딘다.

"크흠."

무언가 기세등등한 표정을 지어보지만.

"흐흠, 흐흐흐……"

터져 나오는 실소를 막아내진 못했다.

슬쩍 고개를 뒤로 돌리니 350마리가 넘어가는 스켈레톤이 대열을 갖춘 채 이동한다. 마치 저들을 이끄는 지휘관이 된 기분이었다.

"좋구나, 좋아."

"뭐가 말이냐."

"꼭 내가 최상급 마족이라도 된 기분이잖아."

"쓸모없는 생각이다."

"알아, 그래도 생각은 자유지."

"흐음, 그러든가."

코르크는 연신 스켈레톤을 보며 웃었다.

"크흐흐."

그사이 경계 지역에 도착했다. 이곳을 넘어가는 순간 아마도 외곽을 순찰하는 자들이 보고를 할 것이고 지금까지와 마찬가지로 상급 마족이 부하를 끌고 나오리라.

"오늘은 안 도망친다!"

속도를 줄이지 않고 그대로 돌파했다.

스슥.

저 멀리서 느껴지는 기척. 전에 만났던 상급 마족 한 녀석과 어디서 구했는지 모를 새로운 중급 마족 둘, 그리고 하급 마족이 셋이 등장했다.

"또 너희냐."

"그래, 우리다. 어쩔 건데!"

"하……."

상급 마족은 어이가 없는지 고개를 저었다.

"어차피 조금 있으면 꽁무니나 빼겠지. 뭐, 이번엔 그냥 놓아줄 생각은 없다만."

"헛소리하고 있네."

"큭, 중급 주제에 너무 나대는구나."

"그럼 죽여보든가."

코르크가 피식거리며 도발을 감행했다.

"그래, 죽여주마."

상급 마족이 앞으로 나섰다. 그 옆으로 중급 둘. 가장 뒤로 하급 셋이 자리를 잡은 채 다가온다.

"뼈다귀들아, 가자!"

코르크가 외쳤지만 아머나이트는 움직이지 않았다.

"으, 응……?"

고개를 돌려 다급한 표정을 짓는다.

"저기, 친구들아? 이제 가야 될 시간인데? 하하……? 그, 그래. 마음이 상했구나. 내가 너무 나댔지? 앞으론 조심할게. 지금은 나서주지 않을래……?"

그제야 아머나이트가 검을 뽑았다.

-가자. 싸울 시간이다.

-알겠다.

-먼저 새로운 이들의 능력부터 보겠다. 가라.

데스 스켈레톤이 달리기 시작한다. 상급 마족이 피식 하고 웃으며 지척에 도달한 녀석에게 손을 휘둘렀다. 작은 충격이 신체를 가격하는 순간.

콰아아아아앙!

데스 스켈레톤은 스스로를 터뜨렸다.

생각보다 큰 대미지.

"흡⋯⋯?"

놀라며 뒤로 물러나려 했지만 이미 사방이 데스 스켈레톤으로 가득해진 뒤였다.

-연속 찌르기.

-연속 찌르기.

일단 연속 찌르기고 가격을 하고 몸통으로 부딪히고 그러다 버티기 어려운 공격을 당할 즈음엔.

콰아앙!

여지없이 자폭을 해버렸다.

"이, 미친!"

계속되는 데스 스켈레톤의 공격, 그사이 움직인 아머나이트와 아머기마병들의 포위망. 그 뒤로 촘촘하게 늘어선 아머메이지와 거리를 둔 채 어슬렁거리는 기마궁수까지.

-좋군. 우리도 참여한다.

-알겠다.

순간 부르탄이 기파를 쏘았다.

"홉……!"

찰나의 순간, 흔들린 균형 직후 쏘아지는 무수한 뼈 화살과 마법들.

연이어 피어가 뿜어지고.

-아이스 스페이스.

설인이 녀석들의 발을 일순 얼려 버리기까지 했다.

그 탓에 피할 수 없었다. 마족들은 양팔을 교차시켜 방어 자세를 취했고. 그 위로 무수한 화살과 마법이 내리꽂혔다.

거대한 폭발이 솟구쳤는데 아머기마병과 아머나이트는 그 먼지조차 뚫고 들어갔다. 손에 들린 그들의 무기가 휘둘러진다.

-가속 찌르기!

-강한 일격!

거기에 데스 스켈레톤까지.

-연속 찌르기!

그에 하급 마족은 버티지 못한 채 죽어버렸다. 살아남은 중급 마족 둘과 상급 마족도 정상적인 상태는 아니었다.

"이 버러지들이……!"

상급 마족의 기세가 변했다.

쿠르르릉.

마치 악마가 현신이라도 하듯, 그에게서 검은 기운이 음울하게 뿜어진다. 그에 데스 스켈레톤이 가장 크게 반응했다. 몸을 부르르 떨기 시작한 것이다.

-모든 힘을 다해라.

아머나이트의 말에 데스 스켈레톤이 몸을 던졌다.

쾅, 콰광, 콰과과과광!

위압감에 짓눌린 상태에서 택한 마지막 한 수.

자폭을 시작한 것이다.

200여 마리의 자폭은 장관을 만들었다.

"크으, 엄청나네, 정말."

"대단하다."

"일단 뒤로 좀 가자고."

그 여파에 코르크와 보쿠마가 거리를 벌렸다. 나머지 스켈레톤도 마찬가지.

충분한 거리를 두고서 끝나지 않는 폭발을 지켜봤다.

"와, 언제 끝나냐."

"흐음."

"크흐흐, 그보다 피해가 상당하겠는데?"

"오늘은 잡는다."

"당연하지!"

마침 폭발이 끝났고. 코르크는 급히 손을 저어 바람으로 후폭풍을 밀어냈다. 그러자 참상이 드러났다.

"오오……!"

중급 마족 둘이 죽어버렸다. 물론 상급 마족은 큰 무리 없이 버텨낸 것 같았다.

"정말 열 받게 하는구나."

아직 그의 기세는 여전했다.

스슥.

그에게로 무수한 뼈 화살이 날아든다. 그러나 손짓 한 번에 모두 사방으로 흩어졌다. 스킬이 아닌 힘으로는 피해조차 주지 못하는 것이다.

-파워샷.

뒤이어 쏘아진 뼈화살엔 힘이 실렸다.

"흐음……."

상급 마족인 그도 무시하지 못하고 이리저리 몸을 움직이며 뼈 화살을 피했다. 힘으로 흩어버리기엔 강했고, 맞아주자니 작은 피해가 누적되는 게 꺼림칙했기 때문이다..

스켈레톤이 문제가 아니라 뒤에 있는 코르크와 보쿠마가 신경이 쓰였다.

"그보다 이 뼈다귀들은 도대체 어디서 계속 나타나는 거지?"

"대답할 이유는 없는데?"

"어리석은 놈. 지금부터 너희는 진짜 지옥을 경험하게 될 거다."

"제발, 좀. 그랬으면 좋겠네."

상급 마족이 기괴하게 웃었다.

"기억해 둬라. 나는 상급 마족, 켈 브레쉬다."

"내가 머리가 나빠서."

켈 브레시는 더 이상 대꾸하지 않은 채 기운을 끌어올렸다. 다시 한번 기세가 폭발한다.

두드드드.

지독할 정도로 어두운 어떤 힘이 그에게서 스멀거리며 피어올랐다. 이윽고 그 힘이 빨려드는 듯하더니 검은 형상의 전신 갑옷으로 바뀌었다.

"이야, 제대로 마음먹었나 봐?"

켈 브레쉬가 선보이는 것은 오직 상급 마족 이상만이 사용할 수 있는 기술이었다.

일명 전투 모드. 100년에 딱 한 번만 사용할 수 있는 것으로 정말 위급한 상황이 아니면 좀처럼 보여주지 않는 최후의 보루였다.

"좀 무섭긴 하네."

"확실히, 상급 마족은 다르군."

하지만 한 가지는 명확해졌다.

"놈도 다급해졌다는 거지."

"동감한다."

그렇다면 이제 정말 제대로 비벼볼 때였다.

"우리도 가자고."

드디어 코르크와 보쿠마가 전투에 참여했다.

바닥에 드러누운 채 거친 숨을 내뱉는 코르크.

"허업, 허억, 후악……."

보쿠마 역시 기절하듯 누웠다.

"히, 힘들군."

"후압, 후어. 흐아. 허, 허헉. 더, 더럽게 힘드네. 진짜……."

바닥이 이내 피로 흥건해졌다.

그것도 잠시. 남은 기운을 짜내어 집중하니 상처가 빠르게 아물었다.

"진짜로 죽는 줄 알았네, 젠장."

"죽기 직전이지."

"으으. 지금은 진짜 못 움직이겠다. 제발 아무도 나타나지 마라……!"

스켈레톤은 어떻게 되었냐고?

저 멀리 딱 한 마리가 남아 있었다.

포이즌 오우거. 녀석은 혼자서 어찌해야 할지 고민하다가 죽기 위해서 무법지대의 중앙으로 달리기 시작했다.

고개만 살짝 들어서 그 모습을 바라보던 코르크가 혀를 찼다.

"쟤도 미쳤구만."

이내 신경을 끊었다. 죽어도 다시 나타날 테니까.

"하, 일단 쉬자……."

한참 동안 움직이지 않고서 체력을 회복했다.

슬쩍 상체를 일으키는 코르크.

"후, 어이. 보쿠마. 괜찮냐?"

"괜찮다."

"그럼 슬슬 시작해야지."

"아아, 그래야지."

무려 상급 마족을 죽였다. 놈이 죽으면서 뿌려진 강한 기운들이 아직 사방에 위치한 상태였다. 코르크와 보쿠마, 둘은 급히 그 기운을 빨아들이기 시작했다.

몸속에서 차오른 기운과 흡수되는 기운이 하나가 되어가는 과정.

"후으으……."

그 끝에서 둘은 흥분한 표정으로 눈을 떴다.

"와우……!"

엄청난 에너지가 몸에서 요동쳤다.

"크으, 엄청나잖아!"

"대단하군……!"

여전히 중급 마족의 수준이긴 했지만 확실히 한 단계 위로 올라섰다고 보면 되었다. 이젠 상급 마족이 장악하고 있던 구역을 확보할 차례였다.

무혁의 눈이 살짝 커졌다.

이 경험치는 뭐야……?

마계로 보낸 소환수들이 갑자기 빠른 속도로 죽어가기 시작하더니 포이즌 오우거 한 마리만이 남았을 때, 어마어마한 경험치가 들어왔다.

간간이 꽤 많은 경험치를 획득했던 적은 있었다. 방금 전에도 소환수가 죽기 전에 다섯 번의 경험치가 들어왔으니까.

그것도 충분히 많았었는데…… 지금 들어온 경험치는 차원이 달랐다.

뭐지, 도대체?

지금까지 획득한 경험치를 토대로 예측한다면 스켈레톤이 상급 마족 이상을 사냥했다는 소리였다.

그게 가능한가?

현재 스켈레톤의 힘으로는 중급 마족이 한계였다.

무슨 일이 벌어진 건지, 원.

알 수가 없기에 더욱 흥미로웠다.

뭐, 생각해도 답은 안 나오겠고.

고민을 멈추고 소환수 경험치를 확인했다.

생각보다 많은 양. 일단은 모아두기로 결정을 내렸다. 지금 당장 사용해서 스탯을 올려도 되겠지만 그래 봐야 전력은 미미하게 상승한다. 차라리 나중에 필요할 때 투자를 하는 것이 조금 더 나을 것 같았다.

"오빠, 오빠."

"응?"

"저 마을에서 헤밀 제국으로 워프하는 거지?"

"어, 맞아."

"그럼 다 온 거네."

대화를 나누고 있는데 갑자기 홀로그램이 떠올랐다.

[메인 에피소드 3-1 '빼앗긴 지점을 되찾아라'가 완료됩니다.]

놀라긴 했지만 이내 받아들였다.

"뭐, 깔끔하게 끝났으니까."

"그렇지. 아, 그러고 보면 벌써 메인 에피소드3이네."

"빠르다, 진짜."

"크으. 4는 뭐가 되려나?"

"드래곤이라도 잡는 거 아냐?"

"그럴지도……!"

대화를 나누는 사이 워프 구역에 도착했다.

"헤밀 제국으로."

"알겠습니다."

눈을 떠보니 헤밀 제국이 평소보다 조금 더 붐비는 느낌이었다. 다른 용병 유저들 역시 모이고 있기 때문이리라. 무혁은 군마에 탑승한 채로 중앙 광장으로 향했다.

저 멀리 목적지가 보였다.

"호오."

분수대 앞, 꽤 높은 단상이 세워진 상태였다.

낯익은 기사단도 보였다.

그 앞에 모인 꽤 많은 유저까지.

"크, 많다."

"전쟁에 참가했던 유저 전부 모일 테니까."

그렇게 시간이 꽤 흐르고 유저들이 헤밀 제국을 빼곡하게 채웠을 즈음. 기다리던 아뮤르 공작이 모습을 드러냈다.

"저는 아뮤르 공작입니다. 먼저 적군들을 몰아내기 위해 애써준 이방인들에게 경의를 표합니다."

귀족답지 않은 아뮤르 공작의 태도.

"호오?"

"우와, 공작이라……."

"예의가 있네."

시작부터 호응이 좋았다.

"여러분이 마을과 소도시를 탈환해준 덕분에 우리 주민들이 다시 생활할 수 있는 터전을 돌려받을 수 있었습니다. 그러나……!"

그에게서 거대한 존재감이 피어오른다.

"이미 우리는 무수한 피해를 입었으니! 이대로 물러설 수는 없는바. 지금부터 우리 역시 뛰어난 실력의 이방인을 카이온 대륙으로 보내어 그들에게 합당한 처벌을 내릴 것입니다! 다만, 그전에 치열하게 싸워줬던 이방인을 위하여 1차적으로 보상을 준비했습니다. 여러분은 탈환을 위해 최선을 다했고. 나 아뮤르 공작은 그 보답을 지금 이 자리에서, 나누어 줄 것입니다!"

유저들의 눈동자에 흥미가 가득해진다.

"보상이라……?"

"이야, 전쟁 다 끝나고 주는 줄 알았더니."

"좋은데?"

"1차 보상이면 2차 보상도 있겠네."

"그렇지. 카이온 대륙으로 넘어가서 공헌도 쌓으면 주지 않 겠냐?"

"크, 대박이네. 무조건 참가한다."

"경험치도 좋잖냐. 카이온 유저들 죽이기만 하면 아주 그냥 경험치가, 캬……!"

"대륙전쟁이라 그럴걸."

"알아, 인마."

"아, 나 시간 안 되는데……."

"젠장. 나도 참가하고 싶네. 회사 때려치울까."

"미친놈."

유저들의 대화를 막지 않고 두는 아뮤르 공작.

꽤 긴 시간 침묵한다.

그 사이에서 무혁과 일행도 충분히 이야기를 나눴다.

"너 지금 랭킹 높잖아."

"어."

"보상 좋겠네."

"뭐, 너랑 예린이. 지연이도 다 높은 편이니까."

"크크, 그렇지. 은근 기대 중이다."

"헤헤, 나두!"

그때 성민우가 김지연에게 다가갔다.

"우리 지연이도 좋은 거 받아야 할 텐데."

"아냐, 오빠가 좋은 거 받아야지."

뭔가 오그라드는 대화에 무혁이 피식거렸다.

이윽고, 소란이 조금 가라앉았다.

"여러분들 중에서도 가장 뛰어난 공헌을 한 이들이 있습니다. 기사들로부터 꾸준히 그 이야기를 듣고 있었기에 수시로 꼼꼼하게 파악할 수 있었습니다. 상위 10명까지는 제가 직접 특별히 고른 보상을 건네줄 것이니 그들은 지금 바로 이곳으로 올라오길 바랍니다."

그에게서 이름이 불린다.

"이방인 이르카, 펜토미노, 무무……."

무혁은 아홉 번째로, 공헌도 랭킹 역시 9위였다. 한때 3위까지 올라갔지만 좀비술사를 얻기 위해 한 장소에 오래 머물다 보니 전투의 횟수가 줄어든 탓이었다.

그래도, 뭐. 9위라는 순위 자체는 나쁘지 않았다. 특별 보상인 건 분명했으니까.

열 명의 유저가 단상으로 오른다. 무혁을 발견한 아뮤르가 흐뭇한 미소를 짓더니 이내 한 사람씩 차례대로 검정색 바탕에 금으로 문양을 그려낸 상자를 하나씩 건넸다.

"고생했습니다."

"아, 감사합니다."

"앞으로도 잘 부탁드립니다."

"네!"

덕담도 나눠주면서 말이다.

이윽고 무혁의 차례.

"고생했네."

"별말씀을요."

"카이온으로 넘어갈 생각인가."

"물론입니다."

"잘 부탁하네."

가벼운 대화를 나눈 후 옆으로 이동했다.

마지막 남은 유저에게까지 상자를 넘겨준 후 본래 자리로 돌아갔다. 이후로는 병사들이 사방에서 나타나 검은 바탕에 은색 문양이 그려진 상자를 들고 돌아다녔다.

그것을 남은 유저들에게 건넸다. 유저가 많았지만 병사 역시 많아서 나눠 주는 일은 금방 마무리되었다.

"이것이 끝이 아닙니다. 카이온 대륙으로 넘어가 공헌을 쌓는 이들에게는! 대귀족들의 개인 창고에 있는 무수한 무구들을 보상으로 줄 것이며! 또한 귀족으로서의 작위 역시 주어질 것이니 최선을 다해주길 바랍니다."

이 정도면 되었다. 나머지는 유저들이 알아서 퍼뜨리고 나르고, 크게 키울 것이다.

잠시 눈을 감는 아뮤르 공작.

"나, 아뮤르 공작은 총책임자가 되어 내일 함께 떠날 것입니다! 내일 해가 떠오르는 시각, 헤밀 제국의 북쪽 페오른의 공터에서 볼 수 있기를."

[메인 에피소드3-2 '카이온 대륙을 정복하라'로 이어집니다.]

[카이온 대륙을 정복하라.]

[카이온 대륙으로 넘어가 치열한 전투를 치를 분은 내일 해가 떠오르기 전, 페오른의 공터로 모여야 한다. 당신은 전투에 참가하여 그간의 설욕을 갚아주겠는가?]

[성공할 경우 : 공헌도에 따른 차등 지급]

[퀘스트를 수락하시겠습니까?]

지금 당장 선택하지 않아도 되지만 무혁은 고민할 것도 없이 예스를 눌러 버렸다.

참가하는 게 유리하지.

어떤 면으로 봐도 이게 정답이었다. 경험치도 올리고. 단검으로 스탯도 올리고. 공헌도 보상도 받고.

그야말로 최고의 노다지인 것이다.

"난 수락했다."

"나두!"

"그럼 오늘은 정비나 좀 하고 페오른 공터에서 로그아웃하면 되겠네."

"괜찮겠네."

마침 아뮤르 공작도 자리를 파했다.

"일단 공복도 좀 채우자."

"좋지. 밥 먹으면서 보상도 확인하고."

보상 확인이 더 주된 목적이었다.

식당으로 들어와서 음식을 주문하고 곧바로 각자의 상자를 개봉했다.

[보상 상자(최상급)를 개봉합니다.]

예상치 못한 보상이 들어 있었다.

내가 얘길 했던가?

어떻게 알고서 이렇게 딱 맞는 것을 준비해 준 것인지.

어찌 되었건 만족스러웠다.

상념을 지우고 보상으로 획득한 아이템을 사용했다.

[힘의 물약 2단계를 사용합니다.]×10
[힘(1)이 증가합니다.]×10

......

힘의 물약이 전부가 아니었다. 민첩, 체력, 지식과 지혜까지. 각 10개씩의 스탯이 증가했다.

업적 포인트로 획득할 수 있는 스탯 물약으로는 이미 한계치까지 능력치를 끌어올린 상태였다. 그런데 이렇게 2단계 물약을 획득하면서 스탯을 조금 더 높일 수 있게 되었다.

소환수에게 능력치의 일부가 추가로 더해지는 직업인지라 스탯의 효율이 좋을 수밖에 없었고. 그 탓에 이번 보상이 썩 마음에 들었다.

"뭘 그렇게 마셔?"

"스탯 물약."

"그래? 몇 개"

"10개씩."

"허얼……! 올 스탯 10개? 좋은데?"

"넌?"

"난 체력이랑 방어력 높이는 물약 15개씩이네."

성민우가 받은 보상도 물약이었다. 순간 예린과 김지연에게 시선이 갔다.

"어, 나도 물약이야, 오빠."

"나, 나두…….."

물론 총 30개로 무혁보다는 물약의 개수가 적었다.

"확실히 금색 상자가 좋네. 물약이 50개나 되고. 게다가 전부 스탯이니 더 좋네."

"뭐, 차이는 있어야지."

"으으. 억울해서 이번 전쟁에선 최상위권에 든다!"

의지를 불태우는 성민우.

"음식 나왔습니다."

그 의지를 먹는 것에 사용하기 시작한다.

"와구와구."

"천천히 좀 먹어라."

"어어. 구으래."

"으, 더러워."

"드으럽긴, 무슨."

"튀잖아……!"

티격태격하며 음식을 먹는 그들은 필요하다 싶은 물건들을 구입한 후 페오른 공터로 향했다.

"푹 쉬고. 내일 보자."

"오케이."

내일을 기약하며 로그아웃을 했다.

무혁의 영상을 편집하던 학생, 이한규.

쾡한 눈으로 영상을 확인한다. 부족한 부분을 채우고 메우고 연결하기를 반복하는 영상 작업은 생각보다 더 힘들었다. 하지만 오랜만에 맛보는 만족감 역시 스멀거렸기에 멈출 수가 없었다.

1시간 정도가 지났을 무렵.

"으, 으으."

온몸이 부서질 것처럼 뻐근해진 상황에서야 작업을 멈췄다.

조, 조금만 쉬자.

잠깐 멍하니 있던 이한규.

이내 지루해진 까닭일까.

구해뒀던 무혁의 영상을 띄워놓고 감상했다. 이건 레벨이 낮을 때라 신선하고. 이건 조금 묵직하고. 이건 압도적이고.

영상마다 그 특징이 달랐다. 그렇기에 딱 하나의 영상만을

고를 수가 없어서 어쩔 수 없이 모든 영상을 합쳐 버렸다. 무혁의 일대기를 만들어버린 것이다.

첫 전투 영상을 시작으로 최근 영상까지.

그 중간중간, 부족해 보이는 영상들은 편집을 거쳤다. 첫 번째 영상에 나온 무혁의 정면을 떼어내고. 두 번째 영상에서 무혁의 후면을 떼어내고. 세 번째 영상에서는 측면에서의 장면을 떼어내어 마치 하나인 것처럼 연결시키기도 했다.

그 탓에 작업량이 극도로 많아졌지만 거의 완성되어 가는 영상을 보면 감탄을 내뱉을 수밖에 없었다.

"크으, 죽인다……."

스스로가 제작한 것임에도 불구하고 말이다.

아, 힘들어 죽겠는데.

그런데 작업을 이어가고 싶었다.

조금만 더 하자.

의지를 다지고서 다시 작업을 시작했다.

타닥, 타다닥.

혼신의 집중을 다 한 다섯 시간.

"후아, 끄, 끝났어."

얼추 마무리되었다. 온몸에 힘에 빠져서 흐느적거리며 침대로 이동했다. 몸을 눕히자마자 안락함에 노곤함이 피어올랐다. 그러나 피곤할 뿐, 잠이 오진 않았다.

이한규는 고민하다가 습관처럼 일루전 홈페이지를 훑어 봤다.

"어……?"

그러다 무혁의 영상을 발견했다.

오늘 영상이었다. 무려 10강짜리 무기를 만드는.

"하, 젠장……."

이 영상을 빠뜨릴 순 없었다. 급히 몸을 일으켜 마지막 영상을 제작한 영상의 말미에 붙였다.

흐음.

그런데 이렇게 끝내자니 뭔가 아쉬웠다.

역시 마무리는 싸움이지.

다행히 버리기 아까웠던 전투 장면이 몇 개 있었다. 그중에 하나를 강화 작업 이후로 연결시켰다.

좋은데?

그제야 만족감이 서렸다.

"진짜 끝이다!"

마지막으로 한 번 더 영상을 확인한 후 각종 사이트에 업로드했다.

[업로드가 완료되었습니다.]

다시금 침대에 누운 이한규.

10초는 흘렀을까.

"드르렁……."

코를 골며 잠에 빠져 버렸다.

홈페이지는 평소보다 분명, 뜨거웠다.

[제목 : 전쟁에 다들 참여하실 건가요?]
[제목 : 아, 나도 레벨만 좀 높았어도……!]
[제목 : 저는 전쟁 참여합니다!]
[제목 : 1차 보상 못 봤어요? 봤으면 고민할 것도 없음. 필수임, 필수.]
[제목 : 이번 전쟁에 대하여.]

　그러나 단지 전쟁에 관하여 이야기만이 다수를 차지할 뿐이었다. 오늘 1차 보상을 받은 유저들이 해당 보상을 공개하면서 전과는 비교할 수 없는 거대한 이슈가 된 까닭이었다.
　자연스럽게 무혁에 대한 이야기와 10강짜리 무기에 대한 관심이 줄어들었다.

[제목 : 전쟁, 저도 참여를 좀 해야겠네요.]
　[내용 : 이번에 카이온 대륙으로 넘어간다죠? 묵묵히 사냥만 해서 그런지, 좀 지루하긴 했었는데…… 이번에 제대로 싸워보겠네요.]

[제목 : 기대가 됩니다.]
　[내용 : 나름 열심히 일해서 성공했다고 자부하는 삶이라. 지금은 여

유롭게 일루전만 즐기고 있는데요. 이번 전쟁에 참가하면서 일종의 카타르시스를 느꼈습니다. 나이 50이 가까워지는 이 나이에, 활력이 돌기 시작한 겁니다. 그러다 간간이 죽게 되면 어찌나 화가 나던지……. 아, 게다가 이번 보상도 정말 만족스러웠습니다. 하나같이 즐거운 일밖에 없네요. 그래서 카이온 정복전쟁 역시 참가합니다. 이번에 카이온 대륙으로 넘어가면 절대 안 죽을 겁니다. 방어구 제대로 갖춰야겠네요. 다들, 이번 전쟁 즐겨봅시다.]

그렇다고 아예 없는 건 아니었다. 간간이 언급되곤 했다.

└무기도 바꾸세요!
└무기요?
└네, 무혁 님이 만든 무기요!
└아아, 그거 말씀이군요.
└능력도 좋으시니까요.
└흐음, 그래도 10강은 조금 부담일 것 같네요. 생각을 좀 해보겠습니다.

그 아쉬운 흐름 속에 동영상이라는 의외의 이슈 하나가 툭하고 떨어졌다.

[제목 : 와, 이거 U투부에 있는 영상인데요. 최근에 올라왔어요. 대박입니다, 대박!]

처음에는 그저 스치듯 지나쳤다.

[제목 : 미친 영상이다……!]
[제목 : 무혁 님, 대박!]
[제목 : 와, 이거 동영상 뭐임? 진짜 돌았네.]

하지만 하나, 둘. 영상에 관한 이야기가 끊임없이 이어지는 탓에 단순히 무시하던 이들도 자그마한 호기심을 느꼈다.

[제목 : 나 일루전TV 애청자인데…… ㅠㅠ]
[내용 : 어떻게 처음부터 최근까지의 영상이 저렇게 자연스럽게 이어질 수가 있죠? 난 영화 한 편 보는 줄 알았네요. 특히, 그 말도 안 되는 구도! 어떻게 그런 식으로 편집이 가능한지 의아할 정도네요. 그냥 소름이었습니다, 소름. 꼭 보세요! 링크 납깁니다!]

미풍이 불어온다. 순식간에 몸집을 불린 바람은 어느새 일루전 홈페이지를 집어삼켰다.

[제목 : 실시간 검색어에도 올랐음!]
[제목 : 꼭 봐야댐, 이건…….]

조회 수 역시 단기간에 급증하면서 뜨거운 화제로 떠올랐다. 많은 이가 영상을 접했고 감상을 마친 사람들은 하나같이 비슷한 감정을 느꼈다.

가장 먼저 감탄과 놀라움.

└진짜 대단하네요.

└너무 재밌다……!

└크, 이게 조폭 네크로맨서구나.

└관심이 생기네요.

시간이 흘러 흥분이 조금 가라앉으면서 새로운 사실 하나가 다가왔다.

└근데 영상에 무구 강화하는 장면이 꽤 있었어요.

└어, 맞네요.

└저 거기서 엄청난 걸 깨달았어요.

└뭐를요?

└저런 무기를 스켈레톤이 다 사용할 거 아니에요? 적어도 6강 정도는 되지 않겠어요……?

└어, 어어……!

└확실해요. 수시로 강화 작업이 나오는데. 그 영상 이후에 나오는 전투는 항상 앞선 전투보다 퀄리티가 높았거든요.

└듣고 보니 그런 듯.

└하, 그 영상 보니까 저도 무혁 님이 만든 무기 사용하고 싶어졌어요!

└와, 나도 그 생각했는데.

└저도요. 이상하게 무혁 님 무구가 너무 궁금해졌음!

└전, 아모르서스의 창. 또 보고 왔습니다…….

└좌절감을 느꼈겠군요.

└맞습니다. ㅋㅋㅋ

그러나 모두가 수긍한 건 아니었다.

영상을 보는데, 무구를?

거기서 의문을 느낀 일부 유저가 확인을 거쳤다.

"하아……."

그들은 확인 작업에서 확실하게 깨달았다.

이거, 엄청나구만.

급히 홈페이지에 글을 남겼다.

[제목 : 영상 보니까 알겠네요.]

[내용 : 무혁 님이 강화 작업 한 직후마다 전투신 퀄이 올라갑니다. 아이템 강화해서 스켈레톤에게 준 모양이네요. 그래서 직접적으로 알아차리진 못해도 본능적으로 뇌리에 박혀 버렸어요. 이런 거죠. 무구 강화. 이후 스켈레톤의 퀄리티 높은 전투. 자연스럽게 아이템이랑 연결이 되죠. 노린 거라면 정말 대단한 실력이고……. 아니더라도 놀라울 뿐입니다.]

그래서 영상을 접한 이들은 은연중에 한 가지를 느끼게 된다. 우리도 좋은 무기를 사용하면 단숨에 강해질 것이라는 가장 단순하지만 강력한 욕망을.

"너 아모르서스의 창, 알지?"

"당연하지! 최대 관심사 아니냐."

"나도 갖고 싶다."

"돈이 어디 있어서."

"그러니까. 없어서 못 갖는 거지."

"쩝. 그거 보니까 진짜 돈 쓰는 사람들 심정을 알겠더라."

"그치?"

"예전에 그냥 단순한 RPG 게임에서도 검 한 자루가 억대에 팔렸었잖아. 그때는 단순히 인간들이 미쳤구나, 싶었는데. 이젠 내가 그렇게 돼버린 거지. 세상이 말세다."

영상은 단기간에 급속도로 퍼졌다.

그에 방송사가 재빨리 움직였다.

-안녕하세요. 오늘은 시작부터 아주 재미있는 주제를 가지고 왔는데요.

-아, 그거 말이죠?

-네! 궁금하시죠? 오늘의 주제는 바로! 하나의 영상과 아모르서스의 창입니다! 아쉽게도 무혁 님과 연결이 되진 못했지만 그럼에도 불구하고! 저희는 최선을 다해 정보를 끌어모았답니다.

-지금부터 그 정보의 보따리를 풀어볼까요?

-그럼요!

-먼저 10강 무기가 최초로 알려진 것은 3일 전이죠.

-맞아요. 깜짝 놀랐지 뭐에요.

-당연히 주목을 받았고, 입찰 가격이 솟구쳤습니다. 하지만 사실 기대하고 있던 금액만큼은 아니었어요.

-저도 엄청 비쌀 줄 알았거든요. 물론, 비싸지 않았다는 건 아니지만요.

-네, 그러다 오늘의 사건과 겹치면서! 지금 아모르서스의 창이 급등하고 있더라구요!

-오늘의 사건이요?

-무혁 님의 영상이요! 3시간 만에 조회 수 500만을 달성한 영상이라구요!

-와, 엄청나네요⋯⋯!

-이 정도면 최고 기록 아닐까요?

일루전과 관련된 각종 프로그램에서 무혁의 영상을 다시 한 번 선보였다. 뒤이어 최초의 10강, 아모르서스의 창을 집중적으로 조명하기 시작했다.

-어떤가요? 호호, 대단하죠?

-저, 방금 기절했다가 깨어난 거 보셨어요?

이미 알고 있던 이야기였음에도 둘의 연기 덕분에 보다 더 집중이 되었다. 프로그램이 끝나자마자 시청자들은 황급히 일루전 홈페이지에 접속했다. 그들은 게시물을 작성하거나 댓글을 쓰면서 이번 이슈에 한 발을 걸쳤다.

└저도 봤어요ㅋㅋㅋ

└오글거리기는 한데, 시트콤 보는 것 같기도 하고 재밌었음.

└전 처음 알았네요ㅜㅜ

└뭐를요?

└10강짜리 무기 나온 거요.

└헐, 진짜요?

└네…… 요즘 사냥만 주구장창 하다 보니…….

└요즘은 게임도 정보죠.

└이제라도 알아서 다행이에요. 카이온 유저 죽이면 경험치도 그렇게 좋다면서요?

└그럼요!

└어후, 진작 참여할걸…… 아쉽네요.

└이제 참여해서 다 쓸어버리자고요.

└좋아요!

└으, 그런 의미로 전 게임에 접속해서 장비나 새로 맞춰야겠네요.

└어후, 지금 엄청 비싸던데…….

└어쩔 수 없죠…….

이슈는 넓어졌고 보다 더 확대되었다.

퇴근을 하고 회식 자리에서도 무혁과 그 영상에 대한 이야기를 나눈다. 친구과 술을 한잔하면서. 혹은 집에서 홀로 일루전을 하기 전.

호오, 영상이 이슈네.

그렇게 많은 이가 무혁의 영상을 한 번은 접하게 되었다. 거기서 흥분을 느꼈다. 전쟁에 대한 갈망에 들떠 버렸고. 그것이 이성을 마비시켰다. 평소에는 생각하지도 않았던 사치를 즐기기 시작한 것이다.

└오늘 그냥 질렀어요. 전쟁에 참여할 거라서요.

└헐, 얼마나요?

└500만 원요.

└와우, 제대로 지르셨네요. 하, 저도 고민하는 중인데…….

└확 질러 버려요. 완전 다른 세상이라니까요.ㅋㅋㅋ

└으으, 저도 그럼 100만 원만……!

그것은 돈 좀 있는 자들도 마찬가지였다.

1년에 수억, 아니, 수십억을 벌어들이는 자들. 관심을 두지 않던 이들이 아모르서스에 흥미를 가졌다. 아니, 심지어 나라를 좌우하는 수준의 금력을 지닌 이들까지도 흥미를 보였다.

"영상 재밌더군."

그중에서도 가장 유명하다고 할 수 있는 S기업 회장의 둘째 아들 황용석이 입꼬리를 말아 올렸다.

"아, 저도 봤습니다."

"흐음. 그래서 무혁, 그 유저가 그렇게 강했던 건가."

"강화 무기를 스켈레톤이 전부 사용하는 것으로 짐작이 되니까요."

"맞아, 그게 아니면 설명이 안 돼."

"그런 것 같습니다."

"그래서 말인데. 아모르서스의 창, 우리가 구입하자고."

"예?"

"들어서 알 거야. 2차, 3차 보상도 있을 거라는 소리를."

"알고 있습니다, 길드장님."

"게다가 마지막에는 대귀족들의 개인 창고를 연다고 하더군. 그럼 이 상황에서 가장 필요한 게 뭐라고 생각하지?"

"……."

"최고의 아이템이다. 최고의 무구로 카이온 대륙의 유저를 도륙하는 거지. 그러면 자연스럽게 그 보상이 내게 떨어질 거다. 그러니, 내 개인 자금을 얼마든지 써도 좋으니 반드시 구매해. 알겠어?"

"예, 알겠습니다."

소수 정예로 파티 사냥을 하던 이들도 관심을 가졌다.

최상위 랭커 다섯 명. 직업이 모두 다른 그들은 전부 랭킹 100위권에 드는 유저였다.

"재밌겠는데? 순위권에 들면 귀족도 될 수 있다니까."

"우리도 참가할까?"

"안 할 이유가 없지. 경험치도 좋다는데."

"그럼 아이템 교체 좀 하자."

"그럴까."

"이번에 최대한 좋은 걸로 산다!"

"그러면 그건 어때?"

"뭐?"

"너 창 쓰잖아. 그럼 그거 사야지. 10강짜리 창."

10강을 추천하는 불곰의 말에 창술사, 게펜이 고개를 갸웃거렸다.

"좋으려나?"

"아직 스크린 샷 안 봤어?"

"어, 귀찮아서. 기껏해야 1강 차이잖아."

게펜의 대답에 다른 유저들이 끼어들었다.

"아니, 오빠. 그걸 안 봤다고?"

"어."

"기껏이라고 할 수준은 아니야."

"그래?"

"응, 지금 보면 되겠네. 완전 까무러칠걸."

"설마. 그 정도나 되려고."

"말은 필요가 없고. 일단 경매장에서 확인부터 해."

게펜이 미간을 찌푸렸다.

"귀찮게. 알았어."

뒤이어 경매장 시스템을 오픈한 후.

아모르서스의 창.

검색을 하여 한 자루의 창을 확인했다.

[아모르서스의 창+10]

물리 공격력 239+106

추가 공격력 55+275

모든 스탯 +10(+50)

관통력 증가.

충격 흡수율(2%+10%) 무시.

내구도 600/600

사용 제한 : 힘150, 민첩200.

순간 게펜의 움직임이 멈췄다.

"뭐야, 이거⋯⋯."

"히히, 어때. 직접 보니까 좀 소감이 남다르지?"

게펜이 눈을 비볐다.

음. 다시 봐도 신음밖에 나오지 않았다.

"미쳤군. 공격력만 해도 얼마지? 기본 공격력만 345에다가 추가 공격력이 325. 힘 스탯이 60이니까 180이고. 그러니까⋯⋯."

"855야."

"미친. 855라고? 돌았군, 정말."

"충격 흡수율 10프로 무시가 더 대박인 것 같은데, 나는."

"모든 스탯 60이 더 놀라운 게 아닐까, 오빠?"

단순히 공격력만 오르는 게 아니었다. 무려 모든 스탯이 60씩 상승하게 되면 얻게 될 부가적인 효과들이 얼마나 대단할지 상상도 되지 않았다.

"진짜 괴물 같은 옵션이네."

"이제 인정하냐?"

불곰의 질문에 게펜이 고개를 끄덕였다.

당연히 가격도 상당했다.

"10,700골드라고?"

"엥? 그거밖에 안 된다고?"

"어."

"그럼 네가 사라."

"그래야겠군."

게펜이 눈을 반짝였다.

이건 욕심이 나. 이 정도면 250, 아니, 어쩌면 300레벨까지 사용해도 부족함이 없으리라.

"아직 시간이 꽤 있으니까……."

"10시간밖에 없어."

"적당해. 오늘은 여기까지만 하자. 오늘은 페오른 공터에서 로그아웃하고 내일 일찍 접속하자고. 마지막에 가격 보고 입찰하면 될 테니까."

"알았어."

페오른 공터로 이동한 그들은 내일을 기약하며 로그아웃을 했다.

다음 날, 아침. 접속한 게펜은 곧바로 경매장부터 확인했다.

[현재 입찰 가격 : 32,300골드]

순간 게펜의 미간이 찌푸려졌다.

아니, 아니지.

사실 이게 정상인 것이다.

그래도 생각보다 더 오르긴 했군.

현재 지니고 있는 골드를 확인해 봤다.

충분해.

남은 시간은 30분.

아직은 아니야.

그는 조급한 마음을 억누르며 어서 시간이 흘러가기를 기다렸다.

to be continued

Wish Books

쥐뿔도 없는 회귀

목마 퓨전판타지 장편소설

불친절하기 짝이 없는 이세계 '에리아'.
그곳에 소환된 '이성민'.

13년의 생활 끝에 죽음을 맞이한 그에게
또 한 번의 기회가 주어졌다.

재능이 없다.
그러나 그에겐 13년의 기억이 있다.

우연처럼 엮인 필연이, 그리고 목적이
그를 앞으로, 더 높은 곳으로 나아가게 한다.

이성민은 무엇을 바라였는가.
무엇이 되고 싶었는가.

"나는 다시 살아가 보고 싶다.
전생보다 나은 삶을."

Wish Books

9클래스 소드 마스터

이형석 퓨전 판타지 장편소설
WISHBOOKS FUSION FANTASY STORY

검성(劍聖), 카릴 맥거번.
검으로 바꾸지 못한 미래를 다시 쓰기 위해
과거로 돌아오다.

이민족의 피로 인해 전생에 얻지 못한 힘.

'이번 생에 그걸 깨주겠다.'

오직 제국인들만이 사용할 수 있었던,
그 힘을!

'나는 마법을 익힐 것이다.'

이제, 검(劍)과 마법(魔法).
두 가지의 길 모두 정점에 서겠다.

9클래스 소드 마스터: 검의 구도자

판타지 온라인의 투기장.

대장장이로 PVP 랭킹을 휩쓴 남자가 있다?

"아니, 어디서 이런 미친놈이 나타나서……."

랭킹 20위, 일대일 싸움 특화형 도적, 패배!

"항복!"

'바퀴벌레'라고 불릴 정도로
끈질긴 생명력을 가진 성기사조차 패배!

"판타지 온라인 2, 다음 달에 나온다고 했지?"

평범함을 거부하는 남자, 김태현!
그가 써내려가는 신개념 게임 정복기!

Wish Books

만 년 만에 귀환한 플레이어

나비계곡 퓨전 판타지 장편소설
WISHBOOKS FUSION FANTASY STORY

어느 날, 갑작스럽게 떨어진 지옥.
가진 것은 살고 싶다는 갈망과 포식의 권능뿐.

일천의 지옥부터 구천의 지옥까지.
수십만의 악마를 잡아먹고 일곱 대공마저 무릎 꿇렸다.

"어째서 돌아가려 하십니까?"
"김치찌개가… 김치찌개가 먹고 싶다고."

먹을 것도, 즐길 것도 없다.
있는 거라고는 황량한 대지와 끔찍한 악마뿐!

"난 돌아갈 거야."

「만 년 만에 귀환한 플레이어」

밥만 먹고 레벨업

박민규 게임 판타지 장편소설
WISHBOOKS GAME FANTASY STORY

바사삭, 치킨, 새벽 1시에 먹는 라면!
그런데 먹기만 해도 생명이 위험하다고?

가상현실게임 아테네.
먹고 싶은 음식을 먹을 수 있는 유일한 방법!

[식신의 진가가 발동됩니다.]
[힘 1, 체력 1을 획득합니다.]

「밥만 먹고 레벨업」

"천년설삼으로 삼계탕 국물 내는 놈이 세상에 어디 있냐!"
"여기."